LE TASSE

A SORRENTE

TROIS ACTES, EN VERS

PAR

LE MARQUIS DE BELLOY

PARIS

CHARLIEU, ÉDITEUR

BOULEVARD SAINT-MARTIN, 12

ÉDITEUR DE LA SOCIÉTÉ DES GENS DE LETTRES

—

1857

EN VENTE

.ON D'ARGENT, comédie en 5 actes, A. Dumas fils. 2 fr.

LE TASSE

A SORRENTE

Représenté pour la première fois, à Paris, sur le théâtre impérial de l'Odéon.
le 9 février 1857.

DU MÊME AUTEUR

EN VENTE :

KAREL-DUJARDIN, comédie en un acte et en vers.

PYTHIAS ET DAMON, comédie en un acte et en vers.

LA MAL'ARIA, drame en un acte et en vers.

LE CHEVALIER D'AÏ, SES AVENTURES ET SES POÉSIES, un volume.

LÉGENDES FLEURIES, un volume.

Sous presse :

LES COMÉDIES DE TÉRENCE, traduction en vers.

Paris. — Typ. de Mᵐᵉ Vᵉ Dondey-Dupré, r. St-Louis, 46.

LE TASSE

A SORRENTE

TROIS ACTES, EN VERS

PAR

LE MARQUIS DE BELLOY

PARIS

CHARLIEU, ÉDITEUR

BOULEVARD SAINT-MARTIN, 12

ÉDITEUR DE LA SOCIÉTÉ DES GENS DE LETTRES

—

1857

PERSONNAGES

LE TASSE. . . . . MM. REY.

PIERRE, cousin du Tasse. . . . . BARRÉ.

FORTESPADA, parasite du Tasse. . . . . . DEMARCY.

RUFFO, paysan au service de la sœur du Tasse. DOUIN.

CORNÉLIE, sœur du Tasse. . . . . Mmes RAMELLI.

LAURA, cousine du Tasse. . . . . THAÏS-PETIT.

Personnages muets ou accessoires.

VOISINS et VOISINES, PARENTS et AMIS des PERSONNAGES PRINCIPAUX.

La scène est à Sorrente (royaume de Naples), en 1575.

En 1839, M. J. Canonge a publié un poëme intitulé : *le Tasse à Sorrente.* Un des morceaux les plus exquis de Mme A. Tastu a paru sous ce même titre.

LE TASSE

A SORRENTE

ACTE PREMIER

Le théâtre représente un jardin-terrasse. Au fond, la mer ; à gauche,
la maison de Cornélie, un banc de pierre ; à droite, une tonnelle,
une table et des siéges rustiques.
(Cette décoration est la même pour les trois actes.)

SCÈNE PREMIÈRE.

CORNÉLIE, seule, revenant du fond de la scène.

Enfin le vent s'apaise et le ciel est serein.
Veille, oh ! veille sur eux, étoile du marin,
Rends le père et l'enfant à l'épouse, à la mère...
Et personne avec qui partager mon chagrin !
Si le Tasse, du moins... Oh ! chimère ! chimère !...
En six mois, pas un mot de mon malheureux frère !

SCÈNE II.

PIERRE, CORNÉLIE.

PIERRE.

Malheureux, lui, le Tasse !

CORNÉLIE.

Ah ! cousin, te voilà.

1

PIERRE, poursuivant.

Un homme que l'on taille en marbre de Carrare,
Qui du soir au matin est toujours de gala,
L'idole de la cour, le vrai duc de Ferrare... ·

CORNÉLIE.

Ah ! si tu savais tout...

PIERRE.

                    Plaignons-le, c'est cela.
Vous voudriez le voir marié, je suppose,
A quelque brave fille, et vivant près de nous,
Comme un petit bourgeois bien honnête et bien doux ;
Ne vous en flattez pas, ma cousine, et pour cause :
Le Tasse votre frère est de ces malheureux
Que charment les hélas que l'on pousse sur eux ;
C'est du bruit qu'il lui faut... Mais parlons d'autre chose.

CORNÉLIE.

Oui, sur ce sujet-là...

PIERRE.

                    J'en sais un moins scabreux,
Des nouvelles que j'ai qui pourront vous distraire.
On les a vus.

CORNÉLIE.

            Mon fils, mon mari !...

PIERRE.

                              Bien portants
A Smyrne, beaux et fiers comme de vrais sultans,
Et de plus, m'a-t-on dit, fort bien à leur affaire,
Les huiles se vendant ce que bon leur semblait,
Et lui, le petit homme, un matelot complet.

CORNÉLIE.

Ah ! béni soit le ciel !

PIERRE, se découvrant.

Et saint Janvier, cousine.

A présent...

CORNÉLIE, interrompant.

Mais, dis-moi, ne peut-on...

PIERRE.

Je devine.

CORNÉLIE.

Celui qui les a vus, dont la main à touché
La'leur, où le voit-on ?

PIERRE.

A Naples, au marché.
Mais il viendra bientôt tout exprès, le compère,
Il me l'a bien promis, et, le verre à la main,
Nous le ferons causer, pardieu ! jusqu'à demain.
Seulement, d'ici là, souffrez...

CORNÉLIE, l'interrompant.

Mon brave Pierre,
Que je t'embrasse donc ! quel brave homme tu fais !

PIERRE.

On en voit de meilleurs, comme de plus mauvais.

CORNÉLIE, poursuivant.

Désintéressé...

PIERRE.

Peuh !

CORNÉLIE.

Sûr, généreux, sincère...

PIERRE.

C'est selon.

CORNÉLIE.

Et, toujours, même en ne faisant rien,
Occupé du bonheur des autres...

PIERRE.

Et du mien.
Oui, cousine, du mien; c'est le seul qui me touche.

CORNÉLIE.

Depuis quand?

PIERRE.

D'aujourd'hui, je vous le dis tout net.
Notre cousine aussi, Laura, la fine mouche,
N'avait à mon endroit que du sucre à la bouche;
Il en coûte à passer pour meilleur que l'on est,
Vous êtes le mouton qu'on caresse et qu'on mange.
On ne m'y prendra plus; doucement chatouillé,
Je dormais sur la foi des vendeurs de louange,
Bon, ou me croyant tel, mais quand je m'éveillai,
Je me sentis, mordieu! mauvais comme la galle.
A présent, c'est fini, je lutte à chance égale.
J'ai trop prêté le flanc jusqu'ici, j'en suis las.
Donnant donnant, voilà désormais ma morale.

CORNÉLIE.

Ta morale! Fi donc! tu ne la suivras pas.

PIERRE.

Vous croyez?

CORNÉLIE.

J'en réponds.

PIERRE.

Vous me la donnez belle!

CORNÉLIE.

Vois, tout à l'heure encor, cette bonne nouvelle,
Me l'as-tu fait payer?

PIERRE.

Pas encor, jusqu'ici;
Mais vous n'en serez pas quitte avec un merci.

CORNÉLIE.

Je pourrais t'obliger? Parle, que dis-je? ordonne!
Mais, mon pauvre garçon, ne va pas croire, au moins,
Que ton bonheur ici ne tienne qu'à mes soins.
Je devine l'affaire, et connais la personne,
Elle est fière, obstinée...

PIERRE.

           Ah! que n'est-elle bonne
Comme vous, seulement! Où diable ai-je visé?
Tant d'autres m'auraient pris. Vous m'auriez épousé,
Vous, sans m'aimer, bien sûr, rien que par complaisance,
Pour ne pas affliger un vieil ami d'enfance.
Mais, elle, elle qui m'aime et ne s'en doute pas,
Enterrer au couvent sa dot et sa personne,
Une si belle dot, de si riches appas!
Par un vrai coup de tête aller se faire nonne!

CORNÉLIE.

Es-tu bien sûr, dis-moi, qu'elle t'aime vraiment?

PIERRE.

Si j'en suis sûr? pardieu!

CORNÉLIE.

           Comme amant?

PIERRE.

                Comme amant!
Non, grâce à Dieu! non, non, mais d'une autre manière,
Qui vient sans qu'on le sache et qui dure toujours;
Comme amant, j'en aurais tout au plus pour huit jours.

CORNÉLIE.

Comment peux-tu l'aimer, la croyant si légère!

PIERRE.

Elle échappe souvent, mais elle a des retours.

Et puis, que sais-je, moi! là, sous votre tonnelle,
Je la vois, tout enfant, son petit bras tendu
Vers ces raisins dorés que nous cueillions pour elle,
Vous déjà grandelette, et, quand elle eut perdu
Sa mère, et que notre oncle accepta sa tutelle,
Je fus son maître alors, cela m'était bien dû.
Je partageais ses jeux, je lui montrais à lire.
Orphelins tous les deux, sur la marine assis,
A leur entrée au port guettant chaque navire,
Nous mêlions notre joie et nos premiers soucis.
Le mal est, seulement, que cet amour d'enfance,
Seul, je l'ai senti naître et j'en ai conscience.
Je reçus comme un coup dès qu'on me la fit voir,
Tout en moi s'amollit sous mon écorce rude;
Mais elle, qui m'aima sans s'en apercevoir,
Ce qui me trouble encore est pour elle habitude.
Les poëmes galants qui parlent de l'amour
Le peignent à ses yeux sous un tout autre jour :
C'est un feu dévorant, une fièvre, un martyre,
Un poison qui vous ronge, un trait qui vous déchire;
Sottises qu'on écrit quand on n'a rien à dire.
L'amour, oh! non, l'amour n'est rien de tout cela;
L'amour... c'est...

CORNÉLIE.

Ah! voyons.

PIERRE.

C'est l'amour, et voilà.
Vous le connaissez bien, qu'ai-je à vous le décrire?
L'amour des bonnes gens, l'amour de bon aloi,
L'amour qu'à son insu ma cousine a pour moi,
C'est le jour, la santé, c'est l'air que l'on respire,

Bonheur dont on fait fi, qu'on ignore souvent,
Mais que l'on apprécie, un jour, seule, au couvent,
Quand tout vous manque : l'air, l'espace, la lumière,
Et que, dans sa cellule, on pense au cousin Pierre.

CORNÉLIE.

Tu te leurres cousin ; nous l'avons, l'autre jour,
Interrogée à fond, elle est bien décidée.
Cherche ailleurs, mon garçon, Laura n'a d'autre amour
Que l'amour du couvent.

PIERRE.

Oui-da, c'est votre idée ?
Du couvent ? — Ça, voyons, l'avez-vous regardée ?

CORNÉLIE.

Si je l'ai regardée ?

PIERRE.

Oui, dans le blanc des yeux.

CORNÉLIE.

A quoi bon ?

PIERRE.

C'est qu'alors vous en jugeriez mieux.
Je sais ce que je dis.

CORNÉLIE.

Et tu dis qu'elle t'aime ?

PIERRE, mystérieusement.

Oui.

CORNÉLIE.

Bah !

PIERRE.

Oui.

CORNÉLIE.

Quoi! vraiment? Sous ce calme trompeur...

PIERRE.

Et qu'elle entre au couvent en dépit d'elle-même,
Qu'elle y mourra d'ennui...

CORNÉLIE.

               D'ennui? Tu me fais peur.

PIERRE, poursuivant.

Et d'amour; oui, d'amour, en moins de six semaines.

CORNÉLIE.

Mais quelle preuve as-tu?...

PIERRE.

              Des preuves? par douzaines;
Mais une suffira. Que croyez-vous, d'abord,
Qu'elle lise en secret quand on croit qu'elle dort?
Les Fleurs de saint François, les Actes des apôtres,
L'histoire de Tobie ou de Mathusalem?
Ah bien oui! les sermons du père Anselme? A d'autres!

CORNÉLIE.

Quoi donc, enfin? quoi donc?

PIERRE.

          Quoi? *la Jérusalem!*

CORNÉLIE.

De mon frère?

PIERRE.

Oui, pardieu!

CORNÉLIE.

         La belle découverte!
Est-ce un crime si grand?...

PIERRE.

         Pour vous et moi, non certe,
Qui n'entrons pas demain au couvent.

CORNÉLIE.

             En effet.

PIERRE.

La préparation me semble assez légère.
L'ouvrage est excellent ; il est de votre frère ;
La fable en est heureuse et le style parfait ;
Mais, Armide et Renaud, avec leur rhétorique,
Disposent faiblement à la vie ascétique ;
Les nymphes du bassin causent fort librement ;
La chanson de l'oiseau n'est pas très-canonique.

CORNÉLIE.

Tu l'as donc lue aussi ?

PIERRE.

   Mais moi, je suis laïque ;
Je ne m'engage pas, demain, avec le ciel.
Ne comprenez-vous pas ?...

CORNÉLIE.

   Si fait, mon brave Pierre.

PIERRE.

Non, je m'y suis mal pris ; admirer votre frère
Sera toujours pour vous un péché véniel.

CORNÉLIE.

Certes. D'ailleurs, crois-moi, Laure est pieuse et sage,
Quoique étrange, à vrai dire, en de certains moments,
Romanesque ; oh ! mon Dieu ! je l'étais à son âge.

PIERRE.

Aussi, votre couvent fut un bon mariage.

CORNÉLIE, poursuivant.

A l'aube de la vie on fait bien des romans ;
On rêve de héros, de Tancrèdes charmants,
Et tout s'évanouit, quand le soleil se lève.

PIERRE.

Le soleil, le soleil... Fort bien, mais ce héros,

Ce Tancrède charmant, quand ce n'est pas un rêve,
Quand il est, comme vous et moi, de chair et d'os?...

CORNÉLIE.

Que dis-tu?

PIERRE.

Je m'entends.

CORNÉLIE.

Eh bien, alors, achève.

PIERRE.

Avez-vous vu parfois ce Toscan exilé,
On le croyait du moins un comte de la Piève,
Assez bel homme?

CORNÉLIE.

Non, mais on m'en a parlé
Comme d'un grand seigneur généreux, serviable,
Qu'on regretta beaucoup lorsqu'il fut rappelé.

PIERRE.

Serviable, en effet, il l'était; mais le diable
N'y perdait rien, allez; il venait tous les jours
Aux ouailles de notre oncle apporter des secours;
Le pauvre vieux chanoine en pleurait de liesse,
Le gardait à dîner, lui faisait des m'amours,
Que l'autre, en madrigaux, renvoyait à la nièce,
Le tout fort décemment; pourtant, l'on en parla.
Sommé de s'expliquer, notre oiseau de passage
Ne perdit point la tête et promit mariage.
J'avais prévu la chose, et je l'attendais là.
Il était marié, deux fois, l'une en Bohême,
Et l'autre en Danemark... j'empêchai la troisième.
J'allai voir en secret cet aimable intrigant :
Il se fâcha d'abord, je lui montrai mes preuves,

Je plaidai chaudement la cause de ses veuves;
Bref, il partit vexé, mais souple comme un gant.

CORNÉLIE.

Sans faire ses adieux?

PIERRE.

Et sans payer son compte.
C'est moi qui réglai tout, soi-disant en son nom,
Pour sauver à Laura cette petite honte.

CORNÉLIE.

Je te le disais bien; tu seras toujours bon.

PIERRE.

Moi? nullement; j'ai fait une affaire très-sûre,
Laura me rendra tout, cousine, avec usure.
Empêchez seulement l'effet de son dépit.
Voilà six mois passés depuis ce grand orage,
Laissez-la dans son cœur retrouver mon image,
Qu'elle s'accorde au moins quinze jours de répit,
Trouvez quelque prétexte à ce qu'elle désire.

CORNÉLIE.

Un prétexte! et tu crois qu'il te profitera?
Pierre, je t'aime trop pour ne pas te le dire:
Tu ne seras jamais le mari de Laura.

PIERRE.

Cela dépend de vous, je sais qu'elle balance,
Une prière, un mot vaincra sa résistance;
Elle-même, plus tard, vous en remerciera.

CORNÉLIE.

Et si quelque rival, profitant de la trêve...

PIERRE.

J'attendrai, comme avec le comte de la Piève.

CORNÉLIE.

Ah! oui, comme Stello pour Mila, dix-neuf ans.

PIERRE.

Ils vécurent heureux.

CORNÉLIE.

Et n'eurent pas d'enfants.

PIERRE.

Mais si Laura doit être heureuse avec un autre,
Le grand mal, après tout, de retarder ses vœux ?
J'aurai fait mon devoir, vous aurez fait le vôtre.

CORNÉLIE.

C'est bien, Pierre, c'est bien ; et puisque tu le veux...
Si j'hésitais d'abord, vois-tu, c'est que je t'aime...

PIERRE.

Vous m'aimez! vous m'aimez! Avec ce beau système,
On ne fait jamais rien pour les gens, grand merci!
Fiez-vous-en à moi, pardieu! je m'aime aussi,
Et depuis plus longtemps. Oh! vous avez beau rire,
Personne mieux que moi n'entend mes intérêts.
Obligez-moi d'abord, vous m'aimerez après.

CORNÉLIE.

Là, ne te fâche pas, j'essaierai.

PIERRE.

                          C'est peu dire.
La chose se fera si vous y tenez bien.
On dit : Cela sera.

CORNÉLIE.

                  Je ne réponds de rien.

PIERRE.

Il faut donc, je le vois, afin que tout s'arrange,
Vous donner dans l'affaire un intérêt direct.

CORNÉLIE.

Tu veux rire, à coup sûr.

PIERRE.

                  Non. Sauf votre respect,

Le monde est un marché, tout s'y fait par échange.
J'ai découvert cela, cousine, avec chagrin.

CORNÉLIE, à part.

Où veut-il en venir?

PIERRE.

Vous savez, ce marin
Qui, l'autre mois, à Smyrne, a rencontré votre homme?

CORNÉLIE.

Eh bien! après?

PIERRE.

Eh bien, il part demain pour Rome.

CORNÉLIE.

Vite! allons le trouver!... Attends-moi là, je cours...

PIERRE.

Oh! ne vous pressez pas, il est chez moi, cousine;
Mais avant de le voir, obtenez, vous, si fine,
De Laura, vous savez...

CORNÉLIE, sévèrement.

Pierre!

PIERRE.
Mes quinze jours.

CORNÉLIE.

Est-ce toi que j'entends?

PIERRE.

Ah! cela vous étonne?

CORNÉLIE.

Un contrat, un marché!

PIERRE.

Tout ce qu'il vous plaira.
Vous aimez votre sang, et moi j'aime Laura.

(Laura entre furtivement et se cache sous la tonnelle.)

Donnant donnant; allez, si vous étiez moins bonne,

Et si j'étais d'un brin seulement plus mauvais,
Vous auriez payé cher tout ce que je savais.

CORNÉLIE.

La dot te tient au cœur.

PIERRE.

La dot, oui, je l'avoue.
La dote ne gâte rien, je suis très-positif;
Mais, vrai, là, devant Dieu, c'est mon moindre motif.
Allons trouver Laura, cousine.

CORNÉLIE.

Et si j'échoue?

PIERRE.

Oh! vous réussirez.

CORNÉLIE.

Mais enfin?

PIERRE, à part.

Tenons bon.

CORNÉLIE.

Cet homme?...

PIERRE, hésitant.

Ah dame!

CORNÉLIE.

Eh bien! le verrai-je?

PIERRE.

Eh bien! non.

CORNÉLIE, sortant.

Suis-moi donc.

PIERRE.

Volontiers... Comme vous allez vite!

(Ils sortent.)

SCÈNE III.

LAURA, seule.

Pauvre Pierre! A tout prix il faut que je l'évite;
Je sens trop aujourd'hui tout ce que je lui dois.
Déjà, depuis hier, je songe avec tristesse
Que je n'entendrai plus sa bonne et chère voix.
Mais moi qu'on appelait la petite comtesse,
Qui plus tard ai rêvé de devenir abbesse,
Que dirait-on, grand Dieu! Jamais, non, non, jamais!
Ah! l'orgueil! oui, l'orgueil, ma force ou ma faiblesse.
Et pourtant, ce matin, je crois que je l'aimais.

. . . .

Calme et blanche maison, à tous hospitalière,
Grave-toi dans mes yeux, dans mon cœur hésitant!
Que j'emporte, avec toi, dans l'ombre qui m'attend,
Ton image sacrée, et ta vigne, et ton lierre!

. . . .

Quelqu'un!... Ah!

SCÈNE IV.

LE TASSE, LAURA.

LE TASSE, en costume de voyage; sombre et accusant l'indigence, sa
démarche annonce une extrême fatigue.

Pardonnez, je vous trouble à regret,
Mon enfant; l'étranger toujours est indiscret.
J'aurais pu m'écarter, je l'aurais dû peut-être;
La force m'a manqué.

LAURA.

Vous paraissez bien las.

LE TASSE.

Oui, bien las, en effet.

LAURA.

Et vous cherchez le maître
De ce logis, sans doute? Il est absent, hélas!

LE TASSE.

En mer, oui, je le sais.

LAURA.

Vous semblez le connaître?

LE TASSE.

Je le connais et l'aime.

LAURA.

Alors, c'est comme nous.
Chacun, dans le pays, le chérit et l'honore...
Mais vous avez souri; peut-être apportez-vous
Des nouvelles de lui, du fils, si jeune encore,
Qui l'accompagne, hélas! Où sont-ils?

LE TASSE.

Je l'ignore.
Le nom qui m'enhardit à franchir votre seuil
N'a rien qui me promette un favorable accueil;
Il ne réjouira l'épouse ni la mère.

LAURA.

D'autres noms moins sacrés ont aussi leur douceur;
Ma cousine pour tous a place dans son cœur.

LE TASSE.

Elle accueillerait donc un ami de son frère?

LAURA.

De son frère, seigneur, du poëte divin
Que ces lieux ont nourri, qu'ils rappellent en vain!
De l'ingrat toujours cher, de l'illustre infidèle,

Aimé, suivi de loin, que, depuis si longtemps,
Appellent tous ses vœux, rêvent tous ses instants!
Mais l'hôte, d'un tel nom recommandé près d'elle,
L'ami du Tasse, enfin, accueilli comme un roi,
Serait le maître ici, mieux qu'elle et mieux que moi.

LE TASSE.

Vraiment?

LAURA.

Si je dis moi, c'est que je suis très-vaine.
Je lui touche de près, chacun vous le dira.
Petite, il m'aimait fort.

LE TASSE.

Je le crois, et sans peine.

LAURA.

Et je le lui rends bien, allez !

LE TASSE.

Il le saura.

LAURA.

Oui, vous le lui direz? mais quand?

LE TASSE.

Bientôt, je pense.

LAURA.

L'aveu ne tire pas, du reste, à conséquence :
J'entre au couvent demain.

LE TASSE, vivement.

Vous? au couvent, Laura?

LAURA, de même.

Laura! Qui vous a dit mon nom?

LE TASSE, avec embarras.

C'est que...

LAURA.

De grâce,

Expliquez-vous.

LE TASSE.

C'est lui, votre cousin.

LAURA.

Le Tasse !

Il vous parlait de moi ?

LE TASSE.

Très-souvent.

LAURA.

Très-souvent !

Ah ! je ne me sens plus ! j'en ai comme un vertige.

LE TASSE.

Mais dites-moi, Laura, cette entrée au couvent,
Ce projet, le sait-il ? Je crains qu'il ne l'afflige.

LAURA.

Ah ! j'en suis bien fâchée ; il fallait en finir.
Il part, voilà quinze ans, nous l'attendons encore,
Lui, le seul prétendant qui pût me retenir.
Je l'ai bien assez dit.

LE TASSE.

Je gage qu'il l'ignore.

LAURA.

Pouvais-je faire mieux ? Cela ne s'écrit pas.

LE TASSE, à part.

A quoi tient notre vie ! Étrange, étrange chose !

LAURA, lui avançant un siége auprès de la table.

Mais asseyez-vous donc, puisque vous êtes las.

LE TASSE.

Moi ? point du tout.

LAURA.

Si fait.

LE TASSE.

Votre voix me repose.

LAURA.

Je vous fais cet aveu parce qu'il n'est plus temps.
Le Tasse, mon cousin, cela peut bien se dire,
Est d'âge à n'épouser maintenant que sa lyre.
Que dirait le village ? un mari de trente ans !

(Elle entre en courant dans la maison et en ressort avec un fiasque
et un verre.)

LE TASSE, à part, s'asseyant.

Belle conclusion, pour un début si tendre !
Que le cœur est donc lâche, et prompt à se reprendre !

LAURA, lui versant à boire.

Tenez, prenez ceci, c'est du vrai lacryma,
Du meilleur, vous savez, de celui de Somma.
Cornélie, à dessein, le tenait en réserve.
Encore un peu, là, bien ! cette chaleur énerve.
Et puis, ce cher cousin, nous parlerons de lui.
Pour vous entendre, moi, je n'ai plus qu'aujourd'hui.
A jamais dans mon cœur assurez sa mémoire !
Sa sœur ne peut tarder, donnez-moi ce moment.
Son bonheur, loin de nous, répond-il à sa gloire ?

LE TASSE.

La gloire et le bonheur s'accordent rarement.
Le Tasse a méconnu les vrais biens de la vie,
Et, trop tard revenu d'un long aveuglement,
Délaissé par l'amour, déchiré par l'envie,
Dévorant les affronts de sa muse asservie,
Pour avoir abaissé la dignité de l'art,
Triste, le long des murs, il va comme un vieillard.
Il avait tout reçu, valeur, beauté, noblesse,
Et la bonté de l'âme, et le génie encor,
Tout ce que le vulgaire envie et qui le blesse,
Parce qu'il ne peut pas l'avoir avec de l'or.

Dieu l'avait entouré d'un jardin de délices,
La mer le caressait, les chèvres, ses nourrices,
Vers les plus hauts sommets guidaient son libre essor;
Mais, déjà, tout enfant, pendant vos nuits sereines,
Le Tasse ne rêvait que de ducs et de reines,
Et le démon des cours lui ravit son trésor...
Que je l'ai vu de fois, âme ardente et mobile,
Trahi par l'amitié, frappé dans sa raison,
Des plages d'Amalfi, du tombeau de Virgile,
Dessiner le contour aux murs de sa prison !...
Indigent à Paris ou malade à Ferrare,
Revoyant en esprit cette blanche villa,
Ou, la nuit, tressaillant au chant du pifférare,
Que de fois il a dit : Le bonheur était là.
Il se dressait alors, et de l'antique flamme
Un ferment s'éveillait dans son cœur dominé;
Mais, au premier rayon de l'astre ou de la dame,
Le captif oublieux s'inclinait sur sa rame,
L'orage et les dédains, tout était pardonné...
Et le temps emportait son génie et ses forces,
Et ses jours, flots amers, passaient comme un torrent;
Et, toujours méditant d'impossibles divorces,
Aux pieds de son idole il se traînait mourant.

LAURA.

Peut-être ne faut-il, pour le rendre à lui-même,
Pour que nous le voyions heureux, libre, sauvé,
Qu'un ami généreux qui le comprenne et l'aime,
Vous, seigneur...

LE TASSE.

Cet ami, le Tasse l'a trouvé.

LAURA.

Ah ! ne m'éprouvez pas, tout en vous le déclare;

Cet ami généreux, son guide, son appui,
Votre voix, votre accent, quand vous parlez de lui,
Tout me dit...

LE TASSE.

En secret il a quitté Ferrare.

LAURA.

En secret? Pourquoi donc?

LE TASSE.

Les grands ont ce travers
De n'avoir jamais trop d'esclaves dans leurs fers.
Quiconque s'en rachète a mérité leur haine,
Et c'est les outrager que de briser sa chaine.

LAURA.

Je ne suis qu'une femme, eh bien! je le comprends;
On ne fuit pas les gens quand on les trouve aimables.

LE TASSE.

Les femmes vont toujours de pair avec les grands,
Et leurs façons de voir ne sont que trop semblables.
Donc, les connaissant bien, le Tasse, à petit bruit,
A cru devoir s'enfuir, et voyager de nuit.

LAURA.

Avec son ami?

LE TASSE.

Certe, ils sont inséparables.
Si bien, qu'après avoir longtemps, longtemps marché,
Le couple fugitif, à bout de son courage,
A fini par trouver, dans votre voisinage,
Une maison déserte où des gens l'ont caché.

LAURA.

Mais pourquoi se cacher? que peut craindre le Tasse?
Chez nous, dans son pays, quel danger le menace?

LE TASSE.

La persécution de ces grands qu'il a fui,
Des princes conjurés, une ligue secrète.

LAURA.

Oh! si vous lui mettez de ces choses en tête,
Je vous croirai bientôt un rêveur comme lui.
Les princes! Mais bien loin de poursuivre un poëte,
Les nôtres, j'en réponds, lui serviront d'appui,
Ils le protégeront.

LE TASSE, vivement.

C'est bien ce qu'il redoute,
Il sait trop ce que c'est que leur protection.
D'autres périls d'ailleurs...

LAURA.

D'autres périls?

LE TASSE.

Sans doute.

LAURA.

Lesquels, grand Dieu!

LE TASSE, mystérieusement.

Lesquels?... Et l'inquisition?

LAURA.

L'inquisition!

LE TASSE.

Oui.

LAURA.

Le Tasse, j'imagine,
Ce noble et doux esprit, n'a jamais donné lieu...

LE TASSE, vivement.

Non! vous le jugez bien. Non, jamais, grâce à Dieu!
Mais on n'en a pas moins attaqué sa doctrine.
Quelque vil délateur... Que jamais celui-là
Sous mes yeux, sous ma main ne tombe, ou, par saint George!
Je lui ferai rentrer son venin dans la gorge.

Mais, pardon, mon enfant, et laissons tout cela.
J’eus tort d’initier, tendre et naïve encore,
Votre âme à ces secrets d’un monde qu’elle ignore ;
Puissent-ils, dans ces murs qui vont la retenir,
A l’heure où sous le voile, à l’heure où sous la cendre,
S’insinue un regret, s’éveille un souvenir,
A l’heure du combat, puissent-ils la défendre,
Et, l’abîme entrevu, sombre, tumultueux,
Lui faire aimer le port où l’arrêtent ses vœux !

LAURA, d’un ton légèrement railleur.

Il est des ports moins clos, où, battus de l’orage,
Peuvent encor mouiller le poëte et le sage.
Ce calme si vanté, ce bonheur endormi,
Ceux qui l’avaient perdu le goûtent davantage.
On dit cela du moins. Le Tasse, votre ami,
Pourra le retrouver dans cette humble retraite,
Sous le toit d’une sœur qui l’aime et le regrette ;
Il vous en fera part, et vos jours abrités,
Sans prononcer de vœux, dans une ombre discrète,
Goûteront ce repos que vous me souhaitez.

LE TASSE, à part.

Malicieuse enfant.

(A Laura qui lui fait une révérence.)
Déjà vous me quittez ?

LAURA.

Je vais chez mon tuteur, ou chez quelque voisine,
Puisqu’elle ne vient pas, avertir ma cousine,
Lui dire qu’un ami de son frère...

LE TASSE.
Arrêtez !

J’ai livré le secret du Tasse par mégarde ;
Mais, de ces grands yeux-là, le moyen qu’on se garde ?

Leur pouvoir, toutefois, ne saurait m'avoir nui ;
Ils resteront muets sur le secret d'autrui,
Et si votre clémence égale leur malice,
Ma faiblesse pour eux vous rendra ma complice.

LAURA.

Je ne comprends pas bien ce compliment moqueur ;
Mais j'y sens des détours, d'étranges alliances.
L'esprit est rarement l'interprète du cœur.

LE TASSE.

Le cœur a ses replis, l'amour ses défiances ;
Ne prononcez sur eux rien de trop absolu.
Ce que j'attends de vous, le Tasse l'a voulu.
Trahi par la fortune, aigri par ses souffrances,
Il m'avait imposé d'observer aujourd'hui
Quel souvenir sa sœur a conservé de lui.
Ne l'accusez pas trop !

LAURA.

                    Non, j'aime mieux le plaindre.
Vous me montrez par là tout ce qu'il a souffert ;
Mais, en de certains cœurs, l'oubli n'est pas à craindre,
Dieu lui gardait ici le ciel après l'enfer.
Cornélie, à ce nom prononcé devant elle,
Au seul nom de ce frère attendu si longtemps,
Se vengera bientôt d'une épreuve cruelle,
Vous rougirez... mais, chut ! c'est sa voix, je l'entends.

SCÈNE V.

PIERRE, CORNÉLIE, LE TASSE, LAURA.

PIERRE, entrant, à Cornélie qui le suit de près.

La voici, la voici !

LE TASSE, avec émotion.

Ma sœur!

CORNÉLIE.

Quelqu'un près d'elle!

LE TASSE, à part.

Ah! je me trahirai.

PIERRE, à Laura.

Sœur Laura, j'ai l'honneur...

(Voyant le Tasse.)

Oh! oh!

LAURA, à Pierre.

Bonjour, bonjour.

(A Cornélie.)

Ma cousine, un seigneur
Étranger qui connaît votre frère.

CORNÉLIE.

Mon frère!

LAURA.

Il l'a vu récemment, à Ferrare, et nous dit
Que le Tasse à la cour voit pâlir son crédit;
Que l'illustre maison, par lui seul immortelle,
L'abaisse chaque jour d'autant qu'elle grandit,
Le laisse en un état... injurieux pour elle,
Si bien que, dans la foule oublié sans retour,
Il incline à se rendre aux vœux d'une autre cour.

CORNÉLIE.

Je l'avais pressenti par ses dernières lettres.
Je le voyais en songe abattu, soucieux,
Revenu des grandeurs; mais j'en espérais mieux.
Qu'a-t-il donc à vouloir toujours changer de maîtres,
Quand près de nous l'attend l'amitié, le bonheur,
La douce liberté, premier bien du poëte?

Si vous le revoyez, ah! dites-lui, seigneur,
Que ses beaux vers, si doux, de Sorrente à Gaëte,
Chantés par nos marins apaisent la tempête;
Qu'ouverte chaque jour, sa chambre est toute prête,
Telle qu'à son départ moi-même je la fis;
Qu'il y retrouvera le lit de notre père,
Ses armes, son portrait, tout, jusqu'au crucifix
Qu'embrassait en mourant sa pauvre vieille mère,
Et, ce qui vaudra mieux que ses princes ingrats,
Que moi, sa sœur, enfin, moi, je lui tends les bras.

LE TASSE, avec sanglots.

Cornélie!

CORNÉLIE.

   Ah!

LE TASSE, la soutenant dans ses bras.

   Ma sœur!

CORNÉLIE.

   Mon frère!

PIERRE.

      Lui!

LAURA, à part.

        Son frère!

PIERRE, au Tasse, qui n'est occupé que de sa sœur.

Et moi, cousin, et moi? m'avez-vous oublié?
Vous me battiez pourtant d'une fière manière.

LE TASSE.

Moi? vraiment?

PIERRE.

   Pour mon bien, et de bonne amitié.

LE TASSE.

Alors, je m'en souviens. Touche là, cousin Pierre.

(Allant à Laura, qui reste à l'écart, interdite.)

Ma petite cousine, à nous deux! il est temps.

(Il la baise au front.)

Eh quoi! vous rougissez? Un cousin de trente ans!

CORNÉLIE, bas à Pierre.

Tu tiens à ton marché?

PIERRE.

Comme un Turc à sa barbe.

CORNÉLIE, observant le Tasse et Laura qui causent à part.

Réfléchis.

PIERRE.

. Œil pour œil, dent pour dent, rien pour rien.
Vous voulez du séné, passez-moi la rhubarbe.

CORNÉLIE.

Tu t'en repentiras. — Regarde.

PIERRE, regardant le Tasse et Laura.

. Il se peut bien.
N'importe, allez toujours! Quand on n'a qu'un moyen...

LE TASSE, joyeusement.

Victoire!

PIERRE, à part.

Quoi! déjà!

LE TASSE.

Victoire!

CORNÉLIE.

Je devine.

LE TASSE.

Nous gardons tout un mois la petite cousine;
Elle ajourne ses vœux pour fêter mon retour.

LAURA.

Si notre oncle y consent.

PIERRE, à part.

Voyez, la pateline.

CORNÉLIE.

Il ne voudra pas, certe, attrister ce beau jour;
Mais il faut, pour cela, lui faire un doigt de cour.

(Au Tasse et à Laura.)

Invitez-le ce soir à dîner en famille.

Allez! — Et nous, cousin, nous irons, de ce pas,

Voir ce brave marin.

(Le Tasse et Laura s'éloignent en causant.)

PIERRE, à part, sans entendre Cornélie.

Ah ! la méchante fille!

CORNÉLIE, le secouant.

A quoi rêves-tu donc? Allons, Pierre, ton bras!

PIERRE, se laissant machinalement entraîner.

Saint Janvier, saint Janvier ! si vous ne m'aidez pas...

(Ils sortent à droite.)

SCÈNE VI.

FORTESPADA, seul.

(Il entre par le fond et les voit s'éloigner.)

Manqué ! manqué d'une heure ! Au diable les délices

De Capoue, et son vin qui perdit Annibal !

Cet endroit-là, pour sûr, devait m'être fatal.

Mais il faut bien donner quelque chose à ses vices;

Et puis, vraiment, le Tasse est par trop matinal.

— Que faire là-dessus? je connais le cher homme:

Bien que mélancolique, et même fort pieux,

Son cœur fond comme cire auprès des jolis yeux.

S'il n'est amoureux fou, maintenant, c'est tout comme.

Or, de le sermonner, quand le charme des lieux,

L'aimable nouveauté, l'imprévu, l'herbe tendre,

L'âge heureux de l'objet... Ce serait mal s'y prendre.

Avant de lui rien dire, il faut, je le connais,

Lui laisser faire au moins vingt ou trente sonnets;

Puis, quand il aura bien épuisé la matière,
Et par monts et par vaux fatigué son dada,
Tu paraîtras alors, brave Fortespada,
Des royales faveurs étoile avant-courrière.
Mercure beau diseur, tu feras à ses yeux
Tournoyer des grandeurs le leurre insidieux,
Et, comme un écolier honteux de sa paresse,
Tu le ramèneras à sa chère princesse.
Toi, mon garçon, d'abord tu vas le mettre au vert;
Sans te montrer à lui, mais dans son voisinage,
Tu pourras l'observer, jouir du paysage,
Te posséder enfin dans ce riant désert,
Et, du matin au soir, t'abreuver de laitage.
Partons! quelqu'un pourrait...

(Voyant le flasque de vin sur la table.)

Ho ! ho !
(Après avoir bu.)

Parfait!... divin !

Voilà qui va, pour sûr, retarder mon message.
Si tout dans le pays est digne d'un tel vin,
Nous pourrons y rester. Il faut faire une fin.

(Il achève le flasque.)

FIN DU PREMIER ACTE

ACTE DEUXIÈME

SCÈNE PREMIÈRE.

LE TASSE, *sortant de la maison.*

Que les jours, sans les nuits, seraient doux, loin des villes !
Dans ce modeste enclos, sous ces verts orangers,
Affranchis de la cour et des luttes serviles,
Comme ils s'écouleraient souriants et légers !
Dès que le jour pâlit, sur la nature entière,
S'éteignent, par degrés, la vie et les couleurs,
Tout meurt pour un instant ; l'abeille au sein des fleurs,
L'alcyon sur le flot, le bœuf sur sa litière,
Les plus vils animaux reposent ici bas ;
Mais, le plus las de tous, l'homme seul ne dort pas,
Ou si parfois ses maux semblent avoir leur trêve,
Sur son lit de douleur s'il tombe gémissant,
Avant que le sommeil ait rafraîchi son sang,
Déjà s'abat sur lui la fatigue du rêve.
Autour de son chevet se dressent tous ses morts ;
Il s'agite au milieu d'un vain amas de formes,
D'obstacles à franchir et de tâches énormes.
Les scrupules du jour se changent en remords.
Et l'aurore, pourtant, et la brise suave,
Et les acres parfums que lui jette la mer,
Raniment chaque jour son œil perçant et grave,
Et son pain matinal lui paraît moins amer.
Quel ressort as-tu mis dans sa frêle machine,
Toi, dont le seul vouloir fit les nuits et les jours ?

Ce roseau boit-il donc à ta source divine,
Pour que son front pesant se redresse toujours?...
Ah! le soleil enfin! la campagne s'anime,
De toutes parts s'élève un concert unanime,
Des voix montent du port. — Là, sous ses rideaux blancs,
Laura s'éveille, entr'ouvre et ferme sa paupière;
Mon image, mon nom se mêle à sa prière,
Et le doute et l'espoir à ses désirs tremblants.
Déjà ses longs cheveux s'effrangent sous l'écaille,
Puis, songeant à demain, peureuse, elle tressaille :
Demain, demain à lui, dit-elle, pour toujours!
Et son cœur, sous sa main, rend des battements sourds.
Qui l'eût pensé jamais, qu'à mon âme épuisée,
Il ne fallait qu'un mois d'amour et de rosée,
Pour reverdir encor, pour renaître au bonheur?...
Au bonheur!... Qu'ai-je dit? Quand ce mot-là m'échappe,
Je sens sur mon épaule une main qui me frappe.
—Malheur! répond l'écho strident et ricaneur.

(Voyant Cornélie qui sort de la maison.)

SCÈNE II.

CORNÉLIE, LE TASSE.

LE TASSE, poursuivant.

Ah! ma sœur! Viens, viens là, près de moi, mon bon ange;
Garde-moi, toi, l'amour, l'amour vrai, sans mélange!
Je sentais quelque chose en moi qui t'appelait.

CORNÉLIE.

Cher frère! aussi j'accours.

LE TASSE.

Tu m'entendais, je gage.

Aurais-tu mal dormi? Tu n'as pas bon visage.

CORNÉLIE.

Ta pâleur sur mon front toujours a son reflet.
Ah ! quand je te voyais, pendant ces trois semaines,
Heureux comme un captif délivré de ses chaînes,
Retrouvant ta santé, ton sommeil d'autrefois,
Dans un amour naissant renouvelant ta vie,
Je suivais les progrès, jeune, fraîche, ravie ;
Mais le charme est rompu, je le sens, je le vois :
Tout ce qui te plaisait te fatigue ou t'irrite.
— Oh ! ne me dis pas non. — Sans entendre ta voix,
Sans lire dans tes yeux, dès que ton cœur s'agite,
Je le sais la première au mien qui bat plus vite.
Le sang a ses secrets, la nature a ses lois ;
Aussi, j'espère encor : ton air à ma venue,
Cet attendrissement que t'a causé ma vue...

LE TASSE.

Chère sœur ! Cornélie !

CORNÉLIE.

   Oh ! oui, ta sœur, toujours.
Même cœur, même sang, la fille de ton père.
Mais embrasse-la donc, méchant ! voilà trois jours
Qu'elle attend un sourire, un baiser de son frère.
— Et maintenant, causons.

LE TASSE.

   Tu me disais j'espère...

CORNÉLIE.

Oui, tu seras heureux ; mais ce bonheur, il faut
Ne pas le marchander comme fait un avare,
L'attaquer franchement et l'emporter d'assaut.
Déjà le premier pas, en sortant de Ferrare
Tu l'as fait ; mais aussi, pour ce qu'il t'a coûté
Vois ce qui t'est promis : l'amour, la liberté !

Cela ne vaut-il pas la servile habitude
Qui te fixait là-bas et t'y rappelle encor ?
Le but est là, tout près, une perle, un trésor,
Et déjà tu te rends, brisé de lassitude ?

LE TASSE.

Non, non ! ce dernier pas, je saurai le franchir.
Demain, ma sœur, demain, ton frère, heureux et sage,
Forcera sans trembler ce terrible passage.
Mais quoi ! sans hésiter ne peut-on réfléchir ?
Mon caractère aigri, sa jeunesse, mon âge...

CORNÉLIE.

Tu te crois donc bien vieux ?

LE TASSE, imitant Laura.

                « Que dirait le village,
Un mari de trente ans ? »

CORNÉLIE.

                Un mot d'enfant gâté.

LE TASSE.

Enfin, elle l'a dit.

CORNÉLIE.

                Et l'a bien regretté.
Tout cela, vois-tu bien, ruses, subtilité
Du malin qui te fait une guerre suivie.
Gare à qui réfléchit lorsque monte le flux !
Le bonheur s'offre à nous une fois dans la vie,
Qui le laisse échapper ne le retrouve plus.

LE TASSE.

Oui, ta raison, ma sœur, voit juste en toute chose,
Ton parler ferme et doux me frappe et me guérit.
Si le doute, un moment, traversa mon esprit,
Laura, sans le vouloir, Laura seule en est cause. ,

Souvent, depuis huit jours, je l'ai vue à l'écart,
Rêveuse, ou près de nous évitant mon regard.
Ses gestes sont moins francs, sa langue plus discrète ;
Elle s'en défend bien, mais parfois avec art.
Alors je me suis mis cent chimères en tête,
J'ai senti me manquer l'amour, non, mais la foi.
On doit, passé trente ans, se défier de soi.

CORNÉLIE.

Bon ! Laura soutenait hier la même thèse ;
Mais, au lieu de trente ans, la coquette a dit seize.
Comme tu te plains d'elle, elle se plaint de toi.
Là-dessus, mes enfants, tâchez de vous entendre.

LE TASSE.

Ce ne sera pas long.

CORNÉLIE.

Si vous ne mentez pas.

LE TASSE.

C'est donc cela qu'hier on se parlait tout bas ?
Vous m'aurez accusé...

CORNÉLIE.

Je ne puis m'en défendre.

LE TASSE.

Je ne vous en veux pas, je l'avais mérité ;
Je conviens que les torts venaient de mon côté.

CORNÉLIE.

Vous en aviez tous deux. Le meilleur vin dépose,
L'homme ne vaut pas mieux, tu dois bien le savoir.
L'amour a ses vapeurs et ses moments de noir,
Mais dans le mariage il se métamorphose :
Dieu pour l'éterniser nous en fait un devoir.

LE TASSE, *rêvant.*

Un devoir...

CORNÉLIE.

Un devoir, ce qui manque à la vie,
Ce levain de l'amour qui seul le purifie,
Sans lequel le bonheur est malsain et sans goût.

LE TASSE.

Oui, tu dis vrai, ma sœur, oui, ton âme chrétienne,
Sans effort, et d'instinct, a deviné la mienne.
Devoir, c'est bien le mot que je cherche partout :
Lui seul, lui seul répond à l'énigme éternelle.
La muse en vain s'étonne et me crie : Infidèle !
J'irai, je rentrerai dans le chemin frayé ;
Sous le joug social je courberai la tête.
Il est des noms plus doux que celui de poëte :
Époux, frère, un surtout, un autre bégayé
Par des lèvres d'enfant, par un autre vous-même,
Rose, frais, souriant, jeune et vivant poëme.

CORNÉLIE.

Arrête ! Garde-toi d'abjurer ton passé.
Respecte-le pour nous, car ta gloire est la nôtre.
Ne peux-tu donc aller que d'un extrême à l'autre ?
Il est des fleurs aussi dans le chemin tracé.
La violette y croît tout le long du fossé.
Les muses sont bien neuf, autant qu'il m'en souvienne,
Laisses-en aller huit, mais conserve la tienne.
Nous lui ferons un lit si blanc, si frais, si doux,
Tant d'ombre à sa paresse et de calme à ses veilles,
Tant d'oiseaux, le matin, charmeront ses oreilles,
Qu'elle oubliera la ville et la cour près de nous.

LAURA, *du dehors.*

Cornélie !

CORNÉLIE, au Tasse.

Entends-tu ? c'est sa voix qui m'appelle ;
Elle approuve de loin tout ce que je t'ai dit.

LAURA, de même.

Cornélie !

LE TASSE.

Oui, ma sœur, c'est la muse fidèle
Dont l'âme te répond, dont la voix t'applaudit.

SCÈNE III.

LAURA, CORNÉLIE, LE TASSE.

LAURA.

Ah ! vous parliez de moi.

LE TASSE.

Nous en parlons sans cesse.

LAURA.

Comment ?

LE TASSE.

Vous le savez, belle devineresse.

LAURA.

Lorsqu'on trouve les gens, l'un décontenancé,
L'autre qui vous sourit d'un air embarrassé,
Faut-il pour deviner qu'on soit de la cabale ?
Au reste, j'en avais comme un pressentiment.

LE TASSE.

Nous le remercions ; il vous rend matinale.

LAURA.

Ah ! j'arrive trop tôt ? — Merci du compliment.
Matinale est d'un goût... vous vous flattez, du reste.
Je ne viens pas pour vous, mon costume l'atteste.
J'aurais fait plus de frais. Non, sérieusement.

CORNÉLIE.

C'est donc pour moi ?

LAURA.

Tout juste.

CORNÉLIE.

Ah !

LAURA.

Pour une partie.

CORNÉLIE.

Une partie ? Où donc ?

LAURA.

En mer.

CORNÉLIE.

A quel propos ?

LAURA.

A propos, à propos... d'éviter les propos.

CORNÉLIE.

De qui donc ?

LAURA.

Des voisins, dont, toute la journée,
Je serais, même ici, par trop importunée ;
Bonnes gens quelquefois, grossiers le plus souvent :
— Eh bien, c'est décidé, nous entrons au couvent,
Me disent les finauds, en prenant un air bête.
Ou bien, sur mes cousins, feignant de se tromper
(Vous savez, j'en ai cinq) : C'est pour demain, Laurette?
Ça n'allez pas, enfant, vous laisser attraper !
Est-ce Gil le meunier, ou Tasse le poëte ?
Ou Salvator le chauve, ou Lanzi le vaurien ?
Ou Pierre ? Ah ! celui-là, ma fille, il a du bien,
Brave garçon, d'ailleurs, laborieux, honnête...

CORNÉLIE.

Voyez-vous !

LAURA.

Je vous dis qu'ils me rompent la tête.
Aussi, pour en finir, je veux, tout aujourd'hui,
Naviguer avec vous, ma cousine.

CORNÉLIE, désignant le Tasse.

Sans lui?

LE TASSE.

Vous ne m'invitez pas?

LAURA.

J'ai peur d'être indiscrète.

LE TASSE.

Ah! c'est trop vous venger.

LAURA, tristement.

Cela n'est pas bien sûr.
Nos tranquilles plaisirs, nos lentes promenades
N'ont plus la nouveauté qui les rendait moins fades.
Toujours le mont Saint-Ange, et ce golfe d'azur,
Ischia, Procida, Naples, Castellamare,
Pauvres distractions pour qui connaît Ferrare.

CORNÉLIE.

Tu t'affliges, Laura.

LAURA.

Ce n'est pas mon dessein.
La pêche, un beau plaisir pour qui rêve sans cesse
Le théâtre et le bal près de quelque duchesse...
Eh mais! vous voyez bien que je ris, mon cousin.
C'est mon humeur, à moi; vous en verrez bien d'autres.
Passez-moi ce défaut, j'aimerai tous les vôtres.

CORNÉLIE.

Tu t'en corrigeras, ce qui vaudra bien mieux.
J'en réponds. — Vois plutôt.

LAURA.

Des larmes dans ses yeux !
Se peut-il ? — Ah ! j'en suis tout heureuse et confuse...
Ai-je donc un pouvoir si doux, si glorieux ?
Me punisse le ciel si jamais j'en abuse !

LE TASSE, gravement.

Et moi, si tous mes jours, à dater de demain,
N'ont pour unique objet d'embellir votre vie !
Si jamais ma pensée, à la vôtre asservie,
Un moment se détourne ou s'arrête en chemin !
Quand vous m'avez pu voir, près de vous, sur la grève,
Distrait, silencieux, et remontant le cours
De ce passé troublant dont l'épreuve s'achève,
C'est qu'alors ce bonheur d'être à vous pour toujours,
La mer, la mer, avec ses gémissements sourds,
Me criait : Malheureux ! encore, encore un rêve !
C'est que le vent passait, faisant : Hélas ! hélas !
C'est que cet avenir, dont je ne suis plus digne,
Le hibou par un cri, la nue avec un signe,
L'arbre, comme un fantôme en l'air tordant ses bras,
Disaient à mon esprit : Tu ne le verras pas.
— Mais aujourd'hui, Laura, tout se métamorphose :
Ce rêve ambitieux, c'est la réalité ;
J'y crois, j'y touche presque, et sais ce qu'il m'impose ;
Mon regard affaibli, mon esprit tourmenté
De ses premiers rayons soutiennent la clarté ;
Mon oracle à présent c'est votre bouche rose,
Un signe de vos yeux, de votre blanche main.
Le vent, l'oiseau, la fleur me disent : A demain...
Ah ! si tout ne ment pas, si le ciel que j'implore
Me garde ce réveil, si ce beau jour me luit,

Comme ils fuiront devant une seconde aurore,
Ces pâles souvenirs, étoiles de ma nuit !

LAURA.

Puissiez-vous dire vrai ! j'ai besoin de vous croire.
Mais êtes-vous bien sûr qu'une chère mémoire
N'était pour rien au fond de ces avis secrets ?
N'aurez-vous près de moi ni remords ni regrets ?
J'ai pu, non sans souffrir, envisager ce doute,
Qui s'efface à demi lorsque je vous écoute ;
Mais, une fois à vous, je sens que j'en mourrais.

CORNÉLIE.

Je te réponds de lui ; ces âmes éprouvées
S'attachent sans réserve à qui les a sauvées.
Vous êtes deux poltrons qui vous craignez à tort,
L'un par trop de savoir, l'autre par ignorance.
Il faut donner en tout quelque chose à la chance.
Vous gagnerez tous deux : mariez-vous d'abord.

LE TASSE, gaiement.

Voilà parler, ma sœur ! Qu'en dites-vous, cousine ?

LAURA, lui tendant la main.

Ai-je dit non jamais ?

LE TASSE, avec ardeur.

Non, ma belle héroïne.

CORNÉLIE.

Point d'attendrissement, de fougue, de transport ;
Soyons calmes et gais, mettons-nous dans la tête
Que nous ne faisons rien que de simple et d'honnête,
Une chose, après tout, que nos pères ont faite.
J'approuve cependant le projet de Laura ;
Mais nous avons d'abord à causer de toilette :

Robes, voiles, rubans, coiffure, et cætera.

(A Laura.)

Allons.

LAURA, se dirigeant avec elle vers la maison.

Et mon cousin ?

CORNÉLIE.

Mon frère ? Il attendra.
Quand il ferait un peu ce que font tous les autres ?

LE TASSE.

Et la partie en mer, Laura ? Suis-je des vôtres ?

LAURA, se contrefaisant elle-même.

J'ai peur d'être indiscrète.

LE TASSE.

Allez, méchante, allez !

LAURA, sur le seuil de la porte.

Ah ! vous faites de moi tout ce que vous voulez.

SCÈNE IV.

LE TASSE, seul.

Que de simplicité, de grâce et de malice,
D'esprit sans le savoir, ni trop haut ni trop bas !
Et qu'elle a dans ma sœur une aimable complice !
« Soyons calmes et gais. » — Mais ne dirait-on pas
Que je suis à dessein violent ou morose,
Que notre âme, en tout temps, de soi-même dispose ?
Calme et gai ! calme et gai ! Le bonheur en deux mots.
Calme et gai ! Le bonheur des sages... et des sots.

SCÈNE V.

PIERRE, LE TASSE.

PIERRE, à part.

Quand on parle tout seul, je dis : Voilà mon homme.

LE TASSE, l'apercevant.

Ha! ha! Pierre, c'est toi. Toujours frais et dispos.
Celui-là, j'en réponds, a dormi d'un bon somme.

PIERRE.

Oui, comme on dit chez nous : Bon travail, bon repos.
— Je vous gêne?

LE TASSE.

Non pas, tu viens fort à propos;
Laura, pour ce matin, a des projets de pêche.
On t'en aura parlé...

PIERRE.

Les filets sont à bord;
Les gens, au cabaret, déjeunent sur le port.
Tout ira bien, je crois : bonne mer, brise fraîche.

LE TASSE.

Sais-tu bien, mon gaillard, que tu songes à tout?

PIERRE.

On peut songer à tout quand on n'a rien en tête.

LE TASSE.

Heureux garçon!

PIERRE.

Heureux, cela veut dire bête.
N'importe, j'aime à voir que vous prenez en goût
Notre petit train-train; c'est faire en homme sage.

Il faut bien louvoyer quand on a vent debout.
Un mois vous a suffi pour votre apprentissage.

LE TASSE.

Si bien que l'autre jour je faillis me noyer,
Et, sans toi, c'était fait.

PIERRE.

C'eût été grand dommage.

LE TASSE.

Mais que prétends-tu dire avec ton louvoyer?

PIERRE.

C'est un mot dont usait souvent notre oncle Antoine.
Je peux l'appliquer mal; je suis marchand d'avoine,
Et me connais en grains mieux qu'en expressions;
Mais je crois bien pourtant que cela peut se dire
De quelqu'un qui rabat de ses prétentions.

LE TASSE.

Hein?

PIERRE, poursuivant.

Qui faute du mieux se contente du pire.

LE TASSE.

Oui-da.

PIERRE, poursuivant.

Qui sait parfois, prompt à s'ingénier,
De gros se faire mince, et d'évêque meunier.

LE TASSE.

Suis-je, sans le savoir, un si grand politique?

PIERRE.

Je dis ce qu'on m'a dit.

LE TASSE.

Où donc?

PIERRE.

Chez le barbier,

Un certain Ferrarais. — Ah! la bonne pratique!
Il jase, celui-là, sans se faire prier.
Cela vint sur le bruit de votre mariage
Avec Laura. Quelqu'un le donnant pour certain,
Notre homme, qu'on rasait, repousse la cuvette,
Se dresse, et, de son col, arrachant la serviette :
— Lui, le Tasse, dit-il, d'un ton bref et hautain,
Ce grand homme, épouser une simple fillette,
S'oublier jusque-là, le Tasse, un chevalier,
Croupir dans un village et se mésallier!
Fi donc! Je l'ai connu cet illustre poëte,
Je l'ai vu maintes fois à la ville, à la cour,
Et sais qu'en plus haut lieu s'adresse son amour.
Son blason ne craint pas une semblable tache.
Envers et contre tous je tiens faux de tels bruits,
Et qui s'en fait garant, connaîtra qui je suis. —
Il dit, et nous regarde en frisant sa moustache.
Ce ton lui réussit; chacun de rester coi.
Notre homme se rassied, et, s'adressant à moi :
— J'aime à voir, poursuit-il, que personne ne bouge.
Oh! ma foi, là-dessus, je me fâchai tout rouge.
— Sachez, dis-je, monsieur le donneur de leçons,
Que Sorrente est un bourg, et non pas un village.
Le Tasse est mon parent, et nous nous connaissons.
Quant à la demoiselle, elle est belle, elle est sage;
Elle a de jolis yeux avec beaucoup de bien,
Et si, par grand hasard, le Tasse, qui n'a rien,
L'épouse, eh bien! ma foi! ce sera la fillette
Qui fera la sottise, et non pas le poëte.

LE TASSE.

Çà, mais...

PIERRE.

Oh ! là-dessus fiez-vous-en à moi !

LE TASSE.

Cette fois, cependant...

PIERRE.

Ce n'est pas la première.

Je défends mes amis...

LE TASSE.

Oui, c'est affaire à toi.

PIERRE.

Mon brave le vit bien, et, changeant de manière,
Se mit à vous louer, mais du ton le plus chaud ;
Raconta vos succès, vos exploits à Ferrare,
Ces quatre spadassins mis en fuite... — Homme rare,
Disait-il, grand esprit, mais quelque peu bizarre,
Habile, au demeurant, mais qui tendit trop haut.
Comme il s'arrêtait court, le sourire à la bouche,
Moi, qui sur mes amis, ne souffre rien de louche,
— Parlez, dis-je, parlez ! sur un si grand esprit
Rien n'est indifférent. — Notre homme alors reprit :
— Le Tasse, à ses débuts à la cour du duc d'Este,
Poëte sans rival, jeune, beau, triomphant,
Honoré comme un roi, gâté comme un enfant,
Dans une nuit d'orgueil fit un rêve céleste ;
Une dame...

LE TASSE, interrompant.

Passons. Je devine le reste.
Cet homme t'a redit un de ces bruits de cour
Que le monde publie et dément en un jour.

PIERRE, à part.

Comme il a l'air ému ! j'ai honte de ma ruse.

LE TASSE, gravement.

Pierre, écoute ceci : quoi que vous ait conté
Ce bavard, et si haut que le passé m'accuse,
Sur le présent, du moins, voici la vérité :
J'aime Laura, je l'aime en toute liberté ;
Le reste n'est plus rien qu'une image confuse,
Un songe douloureux qui ne peut revenir.
Je réponds du présent.

PIERRE, à part.

       Oui, mais de l'avenir ?

(Haut.)
— Le Tasse, disait-il.

        (A part.)
       Allons, ferme ! courage !

(Haut.)
Le Tasse... vous savez, nous sautons une page,
Le Tasse en homme adroit a pris le bon parti.
Ce chagrin, qui finit par un bon mariage,
Est une chute heureuse à tant de concetti.
Ce qui le fascinait dans sa belle duchesse,
C'était, je le vois bien, le rang et la richesse ;
Je l'en approuve fort.

LE TASSE, vivement.

       Le drôle en a menti.

PIERRE.

C'est ce que je lui dis ; mais il prit bien la chose,
En homme de bon goût, et, poursuivant sa glose :
— Les poëtes, dit-il, pour l'arrière-saison,
Souvent, dans leur folie, ont un grain de raison.
Le brillant, chez beaucoup, n'exclut pas le solide,
Ils ne haïssent point une bonne maison ;
Ils lancent leur cheval, mais sans quitter la bride,
Et s'ils tombent de haut, tombent sur le gazon.

Le Tasse est de ceux-là, je l'envie et l'approuve;
Quand on a bien cherché, l'on prend ce que l'on trouve.
Il a compris à temps qu'il faut faire une fin,
Et de bonne heure encor mis de l'eau dans son vin.
Loin du bruit de la cour, à deux pas de Salerne,
Comme je ne sais plus quel empereur romain,
Il va tailler son buis et couper sa luzerne;
Il mangera des choux arrosés de sa main;
Il ne chantera plus qu'au lutrin le dimanche;
Il aura des enfants, et du pain sur la planche.
Le sage voit de haut les choses d'ici-bas :
Pour lui, borner ses vœux est tout l'art de la vie;
Contre vent et marée il ne s'obstine pas;
Rebuté d'Araminte, il épouse Sylvie,
Et sait, quand il le faut, prompt à s'ingénier,
De gros se faire mince, et d'évêque meunier.

LE TASSE.

Ah! le mot est de lui?

PIERRE.

Le mot, comme le reste.
Mais ce qu'il fallait voir, c'est comme il fut lancé.
De quel air...

LE TASSE.

Oui, j'entends : le sourire, le geste...

PIERRE.

Et les jurons!

LE TASSE.

Aussi? Par Bacchus! malepeste!

PIERRE, à part.

Il se moque de moi; mais le rire est forcé.

LE TASSE.

Et que dit-il encore, en si riche matière?

PIERRE.

Plus rien. — On le rasait. — Mais quand il fut rasé...

LE TASSE.

Ah ! voyons.

PIERRE.

. Et qu'il eut décroché sa rapière,
Retrouvant son audace et quelque peu d'esprit,
Il vous railla si bien que tout le monde en rit ;
Excepté moi, pourtant, qui me tenais à quatre
Pour ne pas éclater, et pour ne pas le battre.

LE TASSE.

Va, je m'en charge, moi. Poursuis.

PIERRE, à part.

Il est touché.

(Haut.)

Non, ce serait trop long. — Ce qui me mit en rage,
C'est quand il vous peignit tout aux soins du ménage,
Faisant valoir vos biens, conduisant au marché
Vos grains, votre bétail, et souvent pris pour dupe ;
Manquant à recevoir, quelquefois à payer ;
Abandonnant les vers, car il faut qu'on s'occupe :
Rimer est un plaisir et non pas un métier ;
Vous ne voudriez pas, — disait cette bonne âme, —
Imiter ces maris que nourrissent leur femme.
La vôtre, on la verrait, brave, et faisant la dame,
Jusqu'à midi sonné rester entre deux draps.
Fier comme on vous connaît, quand viendrait la marmaille,
N'ayant, dans le ménage, apporté sou ni maille,
Vous ne seriez pas homme à vous croiser les bras.
Aussi, vous voyait-il, pour votre récompense,
Après avoir sué sang et eau tout le jour,
Retrouvant chaque soir la famille et l'amour,

Et sur la porte assis, comme un chien de faïence,
Entouré de bambins mal peignés et braillards,
L’un jouant au tambour, l’autre de la trompette,
Un troisième criant à vous rompre la tête...
Il vous en donnait dix, et tous aussi gaillards;
Car il sait, le malin, combien le voisinage
De la mer est propice aux douceurs du ménage,
Que les jumeaux y sont on ne peut plus nombreux,
Et qu’on en voit, chez nous, plus souvent trois que deux.

LE TASSE.

Pardieu ! ce drôle-là m’habille avec adresse.

PIERRE.

Il vous a pris mesure.

LE TASSE.
Où le voit-on?

PIERRE.
Partout.

Au cabaret pourtant plus souvent qu’à la messe.

LE TASSE.
Allons-y.

PIERRE.
Pas encor; vous n’êtes pas au bout.
— Avant peu, nous dit-il, je verrai la duchesse.
On m’attend à Ferrare où je suis fort goûté, .
Et si, dans cette cour dont il était l’idole,
Comme on le dit partout, le Tasse est regretté,
Je ferai savoir, moi, comment il se console.
S’il est vrai qu’on le pleure après l’avoir quitté,
Car les femmes là-bas font tout par gloriole,
Je changerai d’un mot tout ce deuil en gaîté.
Guarini son rival, Guarini, c’est tout dire,
En fera des sonnets que l’on s’arrachera,

Il jouera sur les noms Léonore et Laura,
La ville chantera, la cour se fâchera,
Et je veux que d'ici vous nous entendiez rire.

LE TASSE.

Çà, mais ce maudit homme a donc le diable au corps?

PIERRE.

Je ne sais ce qu'il a, mais il est bien retors,
Et vous verrez, pourtant, qu'il a trouvé son maître.
Laissez moi terminer.

LE TASSE, a part.

Guarini ! Guarini !
(Haut et vivement.)
Son nom?

PIERRE.

Ah ! je l'ignore. — Il n'avait pas fini,
Qu'il me vient en l'esprit un heureux stratagème
Pour vous tirer de là.

LE TASSE, à part.

C'est Guarini lui-même.
Je le croyais moins fat, et surtout moins poltron.
Quelle figure a-t-il?

PIERRE.

Cheveux gris, le teint blême.

LE TASSE.

Ce n'est pas lui.

PIERRE.

— Seigneur, dis-je à ce fanfaron,
Celui dont vous semblez faire des gorges chaudes,
Le Tasse, mon cousin, qui ne plaisante pas,
Vous coucherait en terre avec trois chiquenaudes.
Je l'ai fait avertir, prenez-le donc plus bas.
Je vous dirai de plus que ce noble poëte

N’a point, non, grâce au ciel! le dessein qu’on lui prête ;
Qu’il n’a qu’un seul amour, un seul désir en tête,
Qu’avant huit jours d’ici la cour le reverra,
Tout prêt à corriger les faiseurs de satire,
Lui, le Tasse, seigneur, le Tasse, c’est tout dire ;
Qu’il ne courtise point ma cousine Laura,
Car c’est moi seul qu’elle aime et qu’elle épousera,
Et que, par conséquent, de peur de trouver pire,
Si vous y tenez tant, c’est de moi qu’il faut rire.

LE TASSE, vivement.

Merci, Pierre, merci !

PIERRE, à part.

Merci ! j’en étais sûr.

LE TASSE, se reprenant.

Mais non, que dis-je ! au fait, l’idée est singulière.

PIERRE.

En quoi ?

LE TASSE.

Ne pouvais-tu de quelque autre manière...

PIERRE.

Je n’ai pas eu le choix ; j’étais au pied du mur.

LE TASSE.

Alors, dans le pays, tout le monde suppose...

PIERRE.

Que j’épouse Laura ; c’est le fin de la chose.
Voilà plus de dix ans qu’on me croit son futur :
Nos biens qui sont égaux, la convenance, l’âge,
L’habitude qu’on a de nous voir sur la plage,
Tout a donné créance à ce faux bruit.

LE TASSE.

Fort bien !
Mais quand on me verra la conduire à l'église
Et l'épouser ?

PIERRE.

Oui, mais si vous n'en faites rien ?

LE TASSE.

Si je n'en fais rien ?

PIERRE.

Dam ! parfois, on se dégrise ;
Au moment de se pendre on jette le licou.
Il n'est jamais trop tard pour rompre une sottise.
Vous vous êtes aimés comme deux casse-cou,
Du jour au lendemain, au vol, à la minute.
Or, comme on dit souvent, ce qui vient de la flûte...
Vous n'êtes pas plus faits l'un pour l'autre, que moi
Pour épouser la lune, entendez-vous ?

LE TASSE.

Pourquoi ?

PIERRE.

Vous vous ressemblez trop d'esprit, de caractère.

LE TASSE.

Tu nous connais donc bien ?

PIERRE.

Vous, non ; mais ça se sent.
Laura, c'est le caprice.

LE TASSE.

Et moi ?

PIERRE.

Vous, la chimère.
Total : un rêve double, et le bonheur absent.
Ensemble, avant un mois, vous ne pourriez plus vivre.
L'enfer serait chez vous.

LE TASSE.

Tu parles comme un livre.

PIERRE.

C'est que je n'en fais pas ; — j'ai le temps de penser.

LE TASSE.

Tu ne parviendras pas, cousin, à m'offenser.
Parlons à cœur ouvert. Sous ta joyeuse mine,
Tu ne m'as point l'air homme à cacher rien de bas.
Comme tu le disais, ça se sent, n'est-ce pas ?
Donc, toi qui connais bien Laura, notre cousine,
Qui, sur elle incliné, d'un œil sagace et prompt,
Vois naître et s'effacer les rêves sur son front,
Dis-moi sous le secret, sans trop m'ouvrir son âme,
Sans pitié pour mon cœur, ouvert à tant d'espoir,
Si, comme un mot de toi me l'a fait entrevoir,
Je risque mon honneur, la prenant pour ma femme ;
Si plus tard...

PIERRE.

Votre honneur ? oh ! quelle expression !

LE TASSE.

Ne crains pas que jamais, sur cette confidence,
Elle ait quelque soupçon de notre intelligence ;
Tiens-toi pour assuré de ma discrétion.
Si fort que je m'attache à ce lien suprême,
Si désireux d'aimer, si jaloux de retour,
Dis seulement : Laura n'est pas digne qu'on l'aime...

PIERRE, vivement.

Jamais !

LE TASSE, à part.

Ah ! je comprends. (Haut.) Pierre, jusqu'à ce jour,
Distrait par le soleil, la paresse et l'amour,
Je ne démêlais rien sur ta face vermeille ;

Nous dormons tout debout, nous autres gens de cour.
Merci, tu viens d'avoir un cri qui me réveille;
Maintenant je te vois comme par un éclair,
Rusé, mais délicat, d'un bon sens que j'envie,
Sensible, affectueux, et, sans en avoir l'air,
Brave, tu l'as fait voir en me sauvant la vie,
Fier, et pourtant sur moi ne crois pas l'emporter;
Je sens là, dans mon cœur, que je peux m'acquitter.
Dis un mot, et je pars. Au lieu de ce blasphème
Que je te proposais, dit seulement : Je l'aime!

PIERRE.

Je l'aime? oui-da! Non, non, vous seriez trop heureux.
C'est du clinquant, tout ça, de la chevalerie;
Ça brille, mais c'est faux ; ça sonne, mais c'est creux.
Vous ne pensez qu'à vous; mais Laura, je vous prie,
Qui croit que vous l'aimez et l'épousez demain,
Est-ce un objet de ceux que l'on vend à la grosse,
Une chose, un gibier qu'on met à toute sauce,
Que vous me l'offriez de la main à la main?
Si soumis que l'on soit à la femme qu'on aime,
Si dépouillé de morgue et de respect humain,
Encor ne la veut-on tenir que d'elle-même.
Ne songez point à moi, suivez votre chemin.
Si je vous ai redit les propos de cet homme,
C'est que ce gaillard-là voit assez juste, en somme,
Du moins c'est mon avis et celui du barbier.
Après ça, mon cousin, faites ou non la chose,
Il en pourra tourner moins mal qu'on ne suppose.
C'est pour soi, n'est-ce pas, qu'il faut se marier?
Que vous fait Guarini, si Laura vous adore?
Un homme comme vous peut se mésallier.
Envoyez promener madame Léonore,

Et si la noce a lieu, ce dont je doute encore,
Vous m'y verrez demain danser tout le premier.

LE TASSE.

Bien vrai, cousin, bien sûr?

PIERRE.

Vrai, comme tout le reste.

LE TASSE.

Cette réponse-là me réchauffe le cœur.
Je vais chercher partout ce bavard, ce moqueur,
Et je veux qu'il leur dise, à tous ces princes d'Este,
Que j'ai laissé leur pain pour celui de ma sœur,
Moins chèrement vendu, moins amer que le leur;
Qu'ici j'aurai toujours, dans ma petite chambre,
Ce qu'ils me refusaient quand j'étais dans leurs fers :
Un sarment à brûler aux jours froids de décembre,
Une chandelle, au moins, pour écrire mes vers.
Mais que dis-je? chez nous, point de froids, point d'hivers!
La vigne au mendiant laisse piller son ambre;
Le ciel est toujours bleu, les chênes toujours verts;
Le sol, jonché de fruits que le passant ramasse,
N'a point l'air, en donnant, de vous faire une grâce;
Les champs, comme les cœurs, au pauvre sont ouverts,
Et si jamais la cire y manquait à mes veilles,
Je la demanderais à mes sœurs les abeilles.
Voilà ce que je veux qu'il leur dise à ces grands,
Et qu'aujourd'hui l'hospice et la prison du Tasse,
C'est la plage fuyante et le lit des torrents,
Et l'Apennin sauvage, et la mer, et l'espace !
Qu'en ces beaux lieux où croît le laurier sibyllin,
Une enfant m'attendait, vierge en habit de lin,
Ange consolateur, doux et céleste phare,
Qui, si Dieu me seconde, éclatant, radieux,

Bientôt fera pâlir ce soleil de Ferrare
Dont les rayons trop vifs avaient brûlé mes yeux.

(Il sort.)

SCÈNE VI.

PIERRE, seul.

Pauvre homme ! ça fait mal. Grand cœur, mauvaise tête.
Qu'on ne me parle pas de ces hurluberlus !
Il n'a plus qu'une idée, il va, rien ne l'arrête,
Et puis, la main tournée, il n'y pensera plus.
Je sais donc à présent ce que c'est qu'un poëte ;
S'ils lui ressemblent tous... J'aurais dû, pour son bien,
Le laisser se noyer... mais le cœur est si bête !
Je me mettrais au feu pour trouver un moyen
D'assurer son bonheur... sans renoncer au mien.

SCÈNE VII.

CORNÉLIE, LAURA, PIERRE.

CORNÉLIE.

Eh bien?

PIERRE.

    Parti.

LAURA.

      Pour où ?

PIERRE.

        Pour la lune, peut-être.

CORNÉLIE.

Allons donc !

PIERRE.

Permettez, il est encor son maître.

LAURA, piquée.

Il le sera toujours !

PIERRE.

Laura, ne craignez rien.
Depuis un mois bientôt, vous devez le connaître ;
Il n'est jamais si près que quand on le croit loin.
Sur un mot que j'ai dit d'un homme de Ferrare,
Qui fait le beau parleur au cabaret du coin,
Il a couru d'un trait voir cette bête rare ;
Ce sera bientôt fait.

CORNÉLIE, avec inquiétude.

Si j'envoyais...

PIERRE.

Pourquoi ?

CORNÉLIE.

Parce que je crains tout.

PIERRE.

De lui ?

CORNÉLIE.

Non, mais de toi.

PIERRE.

Ma cousine, l'amour fraternel vous égare.

LAURA.

Oh ! cousine !

PIERRE, poursuivant.

Mon nom, c'est Pierre et non Judas.

LAURA, intervenant.

Mais nous le savons bien ; n'est-ce pas, Cornélie ?

PIERRE.

Je joue un jeu serré, mais je ne triche pas.

LAURA.

Là, calme-toi, cousin ; quelquefois on s'oublie.

PIERRE.

Laissez-moi. Je vous dis qu'ils sont tous les deux fous,
Que je vous sais par cœur, mieux qu'elle et mieux que vous,
Et que, bon gré mal gré, quoi qu'on puisse prétendre,
Pied à pied, corps à corps, envers et contre tous,
Jusqu'au dernier moment, je saurai vous défendre.
Si j'étais, comme on dit, un homme à trahisons ;
Votre beau fiancé, je l'aurais laissé boire,
Il serait à présent mangé par les poissons.
Et même, sans parler de cette vieille histoire,
Moins honnête ou moins fier, ici même, tantôt,
Pour le faire partir, il m'eût suffi d'un mot.
Il vous cédait à moi.

CORNÉLIE.

Quelle plaisanterie !

PIERRE.

Par exaltation, par générosité,
Pour obéir aux lois de la chevalerie.

CORNÉLIE.

Et toi, non moins galant, tu n'as pas accepté ?

PIERRE.

Non ; pour elle et pour moi, j'ai bien trop de fierté.

CORNÉLIE.

Cette fierté, pourtant, bien souvent s'humilie
Près de Laura...

PIERRE.

Près d'elle ?

CORNÉLIE, poursuivant.

On t'y voit supporter
Depuis assez longtemps des rebuts...

LAURA, l'interrompant.

Cornélie !

PIERRE.

Oh! mon Dieu! laissez-la, laissez-la s'emporter.
Sûr de n'avoir rien fait que de juste et d'honnête,
D'elle, comme de vous, je peux tout accepter.
Qui se fâche n'a pas la conscience nette.
Tout ce que j'entrevois pour vous, dans l'avenir,
De dévouement perdu, de lutte misérable,
D'efforts vains à guérir un esprit incurable,
Vous le voyez aussi, mais sans en convenir,
Toutes deux, vous, Laura, par un faux héroïsme,
Par bonté, par orgueil, elle, par égoïsme;
Égoïsme de sœur; elle ne vous a pas,
Comme moi, toute enfant, promenée et bercée,
Elle n'a pas guidé votre jeune pensée,
Vos premiers sentiments, comme vos premiers pas.
Au sortir du berceau, laissée à ma tutelle,
Soumise à mes leçons, moi qu'on dit si rusé,
Me reprocherez-vous d'en avoir abusé?
Quel guide fut jamais plus sûr et plus fidèle?
Et plus tard, Dieu le sait, quand je lus dans mon cœur,
N'ai-je pas le premier, redoutant ses faiblesses,
Évité, refroidi vos naïves caresses?
Une fois... vous pleuriez; mais je vous tins rigueur.
Ah! vous saurez plus tard...

LAURA, attendrie.

Pierre!

CORNÉLIE, tendant la main à Pierre.

Cousin, pardonne!

PIERRE.

Eh! oui, je le sais bien, pardieu! vous êtes bonne,
Elle aussi, moi de même, et voilà l'embarras.
Et lui?... Croyez-vous donc que je ne l'aime pas?

C'est le meilleur enfant... mais un enfant malade,
Et qui chérit son mal et s'en fait un joujou,
Ne sait pas ce qu'il veut, n'agit que par boutade,
Joyeux comme un pinson, triste comme un hibou.
Si j'étais sûr, au moins, qu'il vous rendît heureuse...
Mais j'ai bien secoué cette noisette creuse;
Les vers s'en sont donné, les coquins, à souhait;
Ils ont fait place nette. Un jour, à la sourdine,
On vous plantera là pour reverdir, cousine,
Avec un bel enfant... et même, encor, qui sait?
Car tous ces beaux esprits, nous dit la médecine...
Je n'en veux pas jurer, mais ce sera bien fait.
Enfin, le plus heureux n'a que ce qu'il souhaite.
On veut vous accrocher à cette girouette,
Vous verrez avant peu comme c'est amusant.
Je n'en dirai plus mot, la chose une fois faite;
Mais j'ai cru bien agir en vous avertissant.

CORNÉLIE.

Si tu te bornes là, qui te fait un reproche?

PIERRE.

Je fais mieux, je l'avoue; en toute occasion,
J'observe l'ennemi. Plus le moment approche,
Plus, soupçonnant au fond quelque anguille sous roche,
J'éprouve son amour, sa résolution.

CORNÉLIE.

Et la vois-tu fléchir?

PIERRE.

Osez dire que non.

LAURA, à part.

Elle ne répond rien.

PIERRE.

Parle-t-on de Ferrare,
Il rêve, son regard s'attendrit ou s'égare.

CORNÉLIE.

Et tu ne manques pas de prononcer ce nom.

PIERRE.

Oui, plutôt deux fois qu'une, et puis je l'examine...
Mais vraiment on dirait que j'évente une mine ;
Ne devriez-vous pas, comme moi, souhaiter,
Pour Laura, disons mieux, pour lui, pour ce cher frère,
Que ses vrais sentiments aient tout lieu d'éclater ?
S'ils doivent y gagner, pourquoi les y soustraire ?
Mais non, vous avez peur qu'on ne le pousse à bout,
Car vous savez trop bien, cousine, où gît le lièvre.
Ce frère idolâtré vous fait oublier tout,
L'espoir de le garder vous leurre, vous enfièvre,
Laura n'est qu'une amorce, et moi, je ne suis rien.
C'est assez naturel, mais ce n'est pas chrétien.

CORNÉLIE.

Rien n'est encore fait ; que Laura se prononce !
Contre tant d'ennemis elle a son défenseur.
Si j'ai pu l'outrager la voulant pour ma sœur,
Qu'elle refuse ! Allons, dicte-lui sa réponse.

LAURA, vivement.

Cornélie !

PIERRE.

A merveille ! abusez sciemment
De tout ce que j'ai mis de généreux en elle.
Méprisez mes conseils, riez-vous de mon zèle ;
Demain sera le jour de votre châtiment.
Laura ! si vous saviez le mal que vous me faites !
Ingrate, ingrate enfant, au fond, tu me regrettes ;

4

Je t'ai vue hésiter trois fois depuis hier.
Mon chagrin, tu voudrais le rendre moins amer...

LAURA, avec effusion.

Oh! oui, Pierre, bien sûr! et n'en pas être cause.

PIERRE.

Eh bien, pour l'adoucir, fais du moins quelque chose.

LAURA.

Tout ce que tu voudras.

PIERRE.

Moi, je ne suis pas fier
Avec toi; jure donc par ta foi de chrétienne
Que demain tu seras ou sa femme ou la mienne.

LAURA.

Quelle idée!

CORNÉLIE.

Es-tu fou?

PIERRE, à Cornélie.

Moi, cousine? à lier.
Que risque-t-elle, au fond? la chose est décidée.

CORNÉLIE.

Pourquoi cette promesse, alors?...

PIERRE.

J'ai mon idée...
Pour un vœu que j'ai fait hier à saint Janvier. (
(A Laura.)
Qu'est-ce que ça te fait?

LAURA.

Eh bien, je te le jure.

CORNÉLIE.

Mais...

PIERRE.

Aberration, démence toute pure.

CORNÉLIE.

Ah! mon frère! il est temps.

SCÈNE VIII.

LE TASSE, FORTESPADA, CORNÉLIE, LAURA, PIERRE.

LE TASSE, présentant Fortespada, qui est légèrement aviné.

Ma sœur, un serviteur
Ivrogne, débauché, paresseux et menteur,
Ayant peu de talents, de qualités aucune;
Mais ami de la bonne et mauvaise fortune,
Et de qui les défauts, rarement combattus,
Sont, du moins, plus constants que certaines vertus.
Dans quel but, en tout lieu, le vaurien me pourchasse,
Quel flair ou quel instinct l'a remis sur ma trace,
C'est sur quoi je suis las de le presser en vain.
Lui même, en ce moment, n'en a plus trop mémoire.
Mais peut-être, au retour, l'apprendrons-nous enfin,
Quand ce fidèle ivrogne aura cuvé son vin.

(Offrant son bras à Laura.)

Ma cousine...

CORNÉLIE.

Partons.

(Ils sortent tous trois.)

PIERRE, désignant Fortespada, qui salue profondément.

Le ver est dans la poire.

(Il sort. Fortespada jette en l'air son chapeau et s'assied en maître auprès de la table.)

FIN DU DEUXIÈME ACTE

ACTE TROISIÈME

SCÈNE PREMIÈRE.

CORNÉLIE, RUFFO.

CORNÉLIE, sur le perron, à la cantonade.

Hâtez-vous, mes enfants; nous sommes en retard.
Je vais chercher Laura qui m'attend, l'heure sonne.
Toi, mon brave Ruffo, veille à ce que personne
N'entre dans le jardin qu'au moment du départ.

RUFFO.

Mais si l'on veut entrer, que faut-il que je dise
Aux amis, aux parents?

CORNÉLIE.

      Qu'ils aillent à l'église.
Le rendez-vous est là, je n'y veux rien changer.

RUFFO.

Madame, vous savez...

CORNÉLIE.

  Quoi donc?

RUFFO.

      Cet étranger...

CORNÉLIE.

Eh bien?

RUFFO.

  C'est un gaillard qui ne se gêne guère,
Allez!

CORNÉLIE.

Qu'a-t-il donc fait?

RUFFO.

Rien que douze repas
Depuis à peine un jour qu'il est là, le compère.

CORNÉLIE.

Douze, à lui seul, nigaud? cela ne se peut pas.

RUFFO.

Oh! mais il n'est pas seul. Il a bien, je vous prie,
Deux braves compagnons, qui, pour moins délicats,
Ne donneraient pas plus que lui leur part aux chats.

CORNÉLIE.

Deux compagnons, où donc?

RUFFO.

Là, dans votre écurie.
Ils n'ont fait que manger depuis hier au soir.
Deux beaux chevaux, ma foi! l'un arrive de Perse,
Et l'autre de Tunis, l'un est blanc, l'autre noir.

CORNÉLIE.

Deux chevaux pour lui seul?

RUFFO.

Il en fait le commerce;
Il me l'a dit du moins, je m'en rapporte à lui.
Au reste, il en attend trois autres aujourd'hui.
Savez-vous qu'avant peu, si vous n'y prenez garde,
Avec tant d'animaux et de gens sur les bras,
Votre maison pourra devenir un haras?
Le patron au retour...

CORNÉLIE.

Bon! cela me regarde.
Fais ce que je t'ai dit.

(Ruffo sort.)

4.

SCÈNE II.

CORNÉLIE, seule.

> Que tous ces gens sont bas !
Contre le pauvre, en eux, que d'aigreur ! que de haine !
Pour l'isoler de nous comme ils font bien la chaîne,
Et que mon frère a dû souffrir, depuis un mois,
De propos, de lazzi mal venus et sournois !
Son hésitation vient de là, j'en suis sûre ;
Plus le moment approche, et mieux je la comprends.
A ce cœur mal guéri d'une ancienne blessure,
Il fallait moins d'efforts, ou des combats plus grands.
Ce Pierre que l'amour fait un héros d'emblée,
Au point que Laura même en est presque ébranlée ;
Tous ces gens chuchotant et conspirant entre eux ;
Qui garderait sa tête en pareille mêlée ?
Qui serait assez fort pour oser être heureux ?
Moi-même, je le sens, j'en suis toute troublée ;
Mais ce jour nous rendra la raison et la paix,
Il sauvera mon frère... Ah ! si je me trompais !
Chez lui, jusqu'au matin, j'ai vu de la lumière.
Il parlait en marchant, et chacun de ses pas
Résonnait dans mon cœur. Mon pauvre frère, hélas !
Malgré moi, je pensais à tout ce qu'a dit Pierre.
— Et Laura qui m'attend...

(Fausse sortie.)

SCÈNE III.

FORTESPADA, CORNÉLIE.

FORTESPADA.

Madame, j'ai l'honneur
De vous baiser les mains, si vous m'en trouvez digne.
Mon ami Torquato, mon maître, mon seigneur,
Comment s'est-il tiré de la pêche à la ligne?
Fier d'une double proie, et chargé de butin,
A-t-il paisiblement dormi jusqu'au matin?

CORNÉLIE.

Il a dormi fort mal.

FORTESPADA.

C'est assez l'ordinaire
Qu'on ne ferme pas l'œil à la veille d'un jour...

CORNÉLIE.

Laissez-le reposer jusques à mon retour.

PORTESPADA.

Et s'il se réveillait?...

CORNÉLIE.

Tâchez de le distraire
Des présages fâcheux qui semblent l'agiter;
Occupez son esprit.

FORTESPADA.

Vous y pouvez compter;
Ma charge dans le temps, et j'avais fort à faire,
Était de lui chasser les mouches... et l'ennui...
Mais le voici, je crois.

CORNÉLIE.

Je vous laisse avec lui.

SCÈNE IV.

FORTESPADA, d'abord seul, puis LE TASSE.

FORTESPADA.

Voyez que de hauteur ont ces gens des provinces :
Vous par ci, vous par là ; c'est à faire pitié.
Moi, que des archiducs, des cardinaux, des princes,
Que le Tasse lui-même a toujours tutoyé !
Ah ! méchants lazzarons, si je ne vous l'arrache,
Par Bacchus ! j'y perdrai ma dernière moustache.

LE TASSE, entrant.

Vous voilà donc, fripon ?...

FORTESPADA, à part.

Vous ! lui ! Dieu de bonté !

LE TASSE.

Drôle !...

FORTESPADA.

En si peu de temps, comme ils me l'ont gâté !

LE TASSE.

Ivrogne !

FORTESPADA.

Lui, jadis, si familier !

LE TASSE.

Bravache !

FORTESPADA.

Si doux !

LE TASSE.

Pour une fois qu'on l'appelle, il se cache.
Je rentre, je le cherche, et le retrouve enfin,
Couché dans le fumier, comme un vrai sac à vin,
Sous les pieds de chevaux qu'il a volés peut-être.

FORTESPADA.

J'avais soif de vous voir, seigneur, depuis un mois;
Heureux de retrouver Bacchus et mon cher maître,
Celui-ci, tout à coup, me glisse entre les doigts;
Bacchus me restait seul; je suis faible, il est traître...
S'il voulait me griser, il a bien réussi.

LE TASSE.

En effet; mais, d'abord, que viens-tu faire ici,
A Sorrente?

FORTESPADA.

A Sorrente? Ah! la bonne demande!
Et si je m'avisais de vous la faire aussi?
N'y peut-on tenir deux? la plage est assez grande.

LE TASSE.

Tu prétends y rester?

FORTESPADA.

Je m'y trouve à ravir.
Depuis quand n'est-on plus maître de vous servir,
De vous rendre partout des soins et des hommages?
C'est mon droit, et j'y tiens, c'est le prix qui m'attend.
Vous m'avez fait assez de tort en me quittant.

LE TASSE.

Moi? Te devrais-je rien?

FORTESPADA.

Qui vous parle de gages?
Mais l'honneur d'être à vous, de faire dire aux gens :
Vous voyez ce gaillard aux traits intelligents,
C'est le Fortespada, le secrétaire intime
Du Tasse; entre deux vins il lui trouve la rime.
Obtenir des marchands, en cette qualité,
Bonne mine, et parfois crédit illimité;
Quand vous dîniez en cour, souper à la cuisine;

Passer pour avoir fait quelques-uns de vos vers;
Le croire par instants, les citer...

LE TASSE.

De travers.

FORTESPADA.

Glaner dans vos sentiers mainte œillade assassine;
Fêté par les maris, faire peur aux mamans;
Tout cela n'est-ce rien?

LE TASSE, le saisissant à la gorge.

Tu mens, tu mens, tu mens!

FORTESPADA.

Là! là!

LE TASSE.

Vil espion, détaché sur mes traces,
Limier de mes tyrans et de mes envieux,
Parle, si tu le peux, sans détours, sans grimaces!

FORTESPADA.

Moi, seigneur, vous trahir!

LE TASSE.

Je le vois dans tes yeux.

FORTESPADA.

Oh! dans mes yeux!... D'abord, celui-ci n'y voit goutte,
Et l'autre...

LE TASSE.

Eh bien! réponds : Qui t'a mis sur ma route?
Ces bijoux de laiton et ces galons d'or faux,
Cet habit presque neuf, ce plumail, ces chevaux,
Qui te les a fournis? ton épargne, sans doute?

FORTESPADA.

Ces chevaux?

LE TASSE.

Oui, l'un d'eux surtout!

FORTESPADA.

                 Vous le saurez.

N'est-ce pas qu'il est beau, le noir? un pur arabe.

LE TASSE.

Parleras-tu?

FORTESPADA.

       Non, tant que vous m'étranglerez.
Lâchez-moi, votre main me serre comme un crabe.
— Là! que diable! on ne peut dire tout à la fois ;
Comme je débutais, vous me coupez la voix.
Donc voici : Peu de temps après votre escapade,
Un soir que je jouais aux dés sur le rempart,
Un homme du palais, me tirant à l'écart,
Me dit : — Fortespada, te voilà bien malade,
Ton maître t'a quitté, c'est fort mal de sa part.
Les maîtres!... J'en sais un, pourtant, ou plutôt une
Maîtresse, qui voudrait refaire ta fortune.
Là-dessus, il babille, et quoiqu'il se fît tard,
De propos en propos, m'entraîne à Beauregard.
Je revois ces jardins, ces grottes, ces charmilles,
Dont l'écho sait par cœur nos octaves gentilles,
Ces parterres fleuris, dont les riches dessins
Tracent les noms des dieux, des belles et des saints.
Je salue en passant ces royales cuisines,
De ragoûts fabuleux, ardentes officines ;
Enfin, dans un boudoir assez mal éclairé,
Sur un lit de repos couchée avec mollesse,
Comme un astre voilé j'aperçois la déesse,
Les yeux rouges encor tant elle avait pleuré.
— Pauvre Fortespada, te voilà donc sans place,
Me dit-elle aussitôt que l'autre fût sorti.
Sans t'avoir prévenu, le Tasse est donc parti?

Mais, va, rassure-toi, j'ai retrouvé sa trace,
Tu pourras lui porter mes vœux et mon pardon,
Et moi qui l'aime encor malgré son abandon,
Quel que soit le pays qui lui garde un asile,
Te sachant près de lui, je mourrai plus tranquille.
Prends cet or, deux chevaux t'attendent dans la cour ;
L'un d'eux est un présent, le dernier qu'on lui fasse,
A l'ingrat, en arabe il s'appelle Retour,
Je l'ai monté, je l'aime, il est de noble race,
Puissent son maître et lui me revenir un jour.

LE TASSE.

La fable est bien ourdie et surtout bien redite.
Tu connais ton métier ; seulement, entre nous,
Étant si bien monté, que n'allais-tu plus vite ?

FORTESPADA.

Moi, je suis arrivé le même jour que vous ;
La preuve en est qu'ici, sur cette même table,
J'ai bu derrière vous d'un vin assez passable,
Dans votre verre encore. Êtes-vous convaincu ?

LE TASSE.

Mais qu'as-tu fait alors, tout ce mois ?

FORTESPADA.

J'ai vécu.

LE TASSE.

Dis que tu m'observais, espion, misérable !

FORTESPADA.

En effet, j'attendais avec anxiété
Que l'ennui, compagnon de l'uniformité,
Promît à mon message un accueil favorable.
Mais vous étiez d'abord d'un feu, d'une gaîté...

LE TASSE.

Mais plus tard ? mais hier ?

FORTESPADA.

                        Ah ! ce n'est pas ma faute :
Je venais vous trouver, quand des gens, à mi-côte,
M'ont fait si galamment boire à votre santé,
Que j'en ai failli choir quand vous m'avez heurté.

LE TASSE.

Enfin, quel est ton but ? que veux-tu ?

FORTESPADA.

                        Vous soustraire,
Comme ce grand Renaud que nous avons chanté,
Aux philtres villageois d'une Armide vulgaire,
Au régime énervant d'un indigne loisir,
Vous rendre à vos amis, à la gloire, au plaisir.

LE TASSE.

Jamais.

FORTESPADA.

    Déjà pourtant l'on agrandit l'enceinte
Du théâtre ducal, la forêt est repeinte,
Le ciel remis à neuf ; on répète en secret.
Les machines, les dieux, les nymphes, tout est prêt.
Le duc, pour vous fléchir, fait reprendre l'*Aminte*.

LE TASSE.

Tais-toi, démon ! tais-toi !

FORTESPADA.

                        Lui-même, l'autre jour,
En a cité des vers aux fêtes de la cour.
Sa sœur en a quitté le balcon, tout émue,
Et jusqu'aux feux grégeois, on ne l'a plus revue
Bref, à mille détails, on voit qu'il se repent,
Et l'on est convaincu dans tout son entourage
Que cela finira par votre mariage.

5

LE TASSE, *amèrement.*

Ah ! par mon mariage ?

FORTESPADA.

Oui, le bruit s'en répand.

LE TASSE.

Secret, de la main gauche ?...

FORTESPADA.

Oh ! cela va sans dire.
Vous ne voudriez pas...

LE TASSE.

Non ; mais ce que j'admire,
C'est l'instinct qu'a parfois ce monde officiel.
Il a bien deviné, sauf un point qu'il ignore ;
Car cet hymen par où le roman va se clore
Se fera dans une heure, à la face du ciel.
Ah ! magnanime Alfonse ! ingrate Léonore !
Voilà de quels espoirs jadis vous me berciez.
Vous ne m'abusez plus, vos piéges sont grossiers.
Et toi, vil instrument d'un lâche stratagème...

FORTESPADA.

Seigneur ! mon cher seigneur, ne parlez pas ainsi !
J'ai pu m'y prendre mal et charger mon récit ;
Mais, vrai, là, devant Dieu, la duchesse vous aime,
Elle est inconsolable, elle m'envoie ici...

LE TASSE, *avec emportement.*

La preuve, malheureux !

FORTESPADA, *cherchant.*

Voulez-vous qu'elle meure ?

LE TASSE.

La preuve !

FORTESPADA, *cherchant sur lui avec inquiétude.*

Attendez donc. — Je l'avais tout à l'heure.
— Me l'aurait-on volée? — Ah! mon Dieu! — La voici!

LE TASSE, *après avoir jeté un coup d'œil sur la lettre.*

Léonore! oui, c'est elle. — O fortune envieuse!
Des tardifs souvenirs messagère boiteuse,
Voilà de tes faveurs! — Trop tard, trop tard, hélas!
Ces mots qu'elle a tracés, je ne les lirai pas.

(Il déchire la lettre en deux.)

FORTESPADA.

Que faites-vous, grand Dieu!

LE TASSE.

Ce que l'honneur m'ordonne:
J'outrage son amour, je blesse sa fierté,
Je m'élève un rempart contre ma lâcheté.

FORTESPADA.

Mais que dirai-je, moi?

LE TASSE.

Dis que je lui pardonne.

(Il sort précipitamment par la droite.)

FORTESPADA, *seul.*

On ne déchire pas, on brûle ses vaisseaux.
Heureusement... Quelqu'un! Emportons les morceaux.

*(Il ramasse les morceaux de la lettre et sort en courant du même côté que
le Tasse.)*

SCÈNE V.

PIERRE, *seul.*

Tiens! qu'est-ce qu'il a donc à s'enfuir, ce vieux drôle?
Je ne sais trop pourquoi je m'étais figuré,

A son air cauteleux, sourdement affairé,
Que cet ivrogne ici jouerait un certain rôle.
On pouvait s'y tromper, car rien n'est plus actif
Qu'un fainéant qui cherche à devenir oisif.
Mais on s'accroche à tout dans un cas difficile.
Moi, maintenant, je suis parfaitement tranquille.
J'ai beaucoup de chagrin, mais j'ai fait mon devoir.
J'ai lutté jusqu'au bout sans me laisser abattre,
Comme un bon ouvrier je dormirai ce soir.
Voilà tout : nous serons malheureux tous les quatre.
C'est égal, il est dur, quand on s'est cru permis
Si longtemps un espoir honnête et légitime,
De voir, un beau matin, parents, maîtresse, amis,
Se liguer contre vous d'un accord unanime.
Tout ce qu'on nous disait quand nous étions enfants :
Gardez-vous de jeter votre âme à tous les vents.
— Préférez au plaisir le travail et l'estime.
— Semez pour recueillir. — C'était donc pour la rime ?
Tous ces fameux conseils de craindre, d'éviter
La paresse, le jeu, le vin, les amourettes,
C'était tout bonnement pour nous en dégoûter,
Pour laisser le champ libre aux conteurs de fleurettes.
Le secret d'être heureux, de plaire aux plus discrètes,
De se faire estimer, caresser, câliner,
C'est de tout se permettre et de bien s'en donner,
Et puis, quand on est las d'avoir couru le monde,
D'avoir papillonné de la brune à la blonde,
Ennuyé, ruiné, l'on revient au pays,
Où, pour si peu qu'on ait d'esprit et de faconde,
On fait tourner la tête aux nigauds ébahis;
Des filles de l'endroit on est la coqueluche;
On épouse une dot, et, frelon de la ruche,

On déguste à loisir, riche, heureux, adulé,
La fine fleur du miel qu'un autre a distillé.
— Eh bien! non. C'est trop fort! cela ne peut pas être,
Ou bien la vie, alors, ne serait plus qu'un jeu.
— Après tout, cependant, c'est l'affaire du maître.
Je ne me permets pas d'en vouloir au bon Dieu ;
Mais saint Janvier... suffit. — Bon! voilà nos cousines.

SCÈNE VI.

CORNÉLIE, LAURA, PIERRE.

CORNÉLIE.

Bonjour, Pierre!

PIERRE.

Bonjour. — Et vous ? — Parfaitement.

LAURA, à part.

Il rêve.

PIERRE, de même.

Elle a pleuré.

CORNÉLIE, à Pierre.

Qu'est-ce que tu rumines ?
Quelque malice encore ?

PIERRE.

Encore ?

CORNÉLIE.

Assurément.

PIERRE.

Vous me poursuivrez donc jusqu'au dernier moment ?

CORNÉLIE.

C'est toi qui nous poursuis.

PIERRE.

Ah çà! de quelle roche
Avez-vous le cœur fait ? Qu'est-ce qu'on me reproche ?
Dites-le-moi, Laura.

LAURA.

Rien, Pierre.

CORNÉLIE.

Comment, rien ?

(A Pierre.)

De te donner partout pour son futur.

PIERRE.

Eh bien ?
C'est pour si peu de temps, qu'importe à votre frère ?
Jusqu'au dernier moment laissez-moi ma chimère.
Voilà dix ans, Laura, que je porte ce nom,
Souffrez qu'on me le donne une heure encore... une heure
Est-ce trop ? Pardonnez si je n'ai pas dit non,
Quand les gens du pays...

(Il s'arrête un moment suffoqué.)

LAURA, à part.

Pauvre Pierre !

CORNÉLIE, de même.

Elle pleure.

PIERRE.

D'ailleurs, laissez-moi faire, ou, je vous en préviens,
Je n'entends plus raison, non ! je deviens féroce.
Je suis votre cousin, votre... garçon de noce,
Votre tuteur de fait, j'ai des droits et j'y tiens.
Je m'en vais le prouver d'abord par une chose.
Tant pis si ça déplaît à votre... belle-sœur.
Il faut que je vous parle.

CORNÉLIE.

En secret, je suppose!

PIERRE.

Rien qu'un mot, le dernier.

CORNÉLIE.

J'y consens de grand cœur.
Nous défendons tous deux, au fond, la même cause.
Le bonheur de Laura m'est cher autant qu'à toi.
Sûre de sa prudence et de ta bonne foi,
Quoi que vous arrêtiez, je promets d'y souscrire.
Des intérêts divers, des sentiments permis,
Nous auront divisés sans nous rendre ennemis.
Je l'espère, cousin, et tiens à te le dire.
Causez donc librement, et que Dieu vous inspire!

(Elle rentre dans la maison.)

SCÈNE VII.

LAURA, PIERRE.

PIERRE.

Ne craignez rien, Laura, je ne vais pas, ici,
Vous parler d'un amour dont je suis déjà maître.
Aujourd'hui, mon bonheur c'est mon moindre souci :
Mais le vôtre m'occupe, et je crois vous connaître
Assez pour craindre fort qu'il ne soit compromis
Par un faux point d'honneur et d'imprudents amis.
Votre amour pour le Tasse a passé par trois phases :
La vanité d'abord, et puis l'entraînement,
On vous mène si vite, enfant, avec des phrases ;
Mais vous n'en êtes plus déjà qu'au dévouement.
Si vous y persistez ce sera méritoire ;

Les épreuves bientôt vous viendront à foison ;
Je connais le cousin, et vous pouvez m'en croire...

LAURA, d'un ton de reproche adouci.

Pierre !...

PIERRE.

C'est vrai, j'ai tort, ou plutôt, trop raison.
Et d'ailleurs, à quoi bon vous conter votre histoire ?
Tout ce que j'en ai dit, vous le savez bien mieux.
Moi-même, où l'ai-je vu, si ce n'est dans vos yeux ?
Ce livre-là, Laura, bien qu'à bon droit je passe
Pour ignorant, allez, j'y lis mieux que le Tasse.
Il m'a dit vos combats, vos songes, vos réveils
En sursaut, dans la nuit, quand le corbeau croasse.
Tous ces pressentiments, inutiles conseils
D'amis qui voient d'en haut quel danger vous menace.
Ne me démentez pas, sous votre air résolu,
Vous vous mourez de peur ; une mauvaise honte
Vous soutient ; puis la sœur est là qui vous remonte
Lorsque vous faiblissez. Si je l'avais voulu !...
Mais au moment d'agir, bonsoir ! je me méfie
De moi-même, j'ai beau voir qu'on vous sacrifie,
Que, pour votre bonheur, il faut vous détourner
De l'écueil où s'en va se briser votre vie,
Je me dis que l'amour peut aussi me berner,
Qu'habile raisonneur, prompt aux métamorphoses,
Il sait à contre-sens nous faire voir les choses,
Et que mon dévouement, servant mon intérêt,
Peut déguiser encor quelque lâche regret.
Aussi, dans ce moment, quand tout ruse et conspire
Contre vous, le seul mot que je tienne à vous dire,
C'est de vous consulter pour la dernière fois,
Librement, franchement, la chose en vaut la peine,

Et, s'il s'éveille en vous la crainte la plus vaine,
Faites un signe, alors, et si peu que je sois,
Fût-ce au pied de l'autel, nulle puissance humaine
N'osera, moi, vivant, vous dicter votre choix.

LAURA.

Merci, Pierre, merci ! ton courage et ton zèle
Auraient pu m'épargner cette épreuve nouvelle ;
Je sais ce que tu vaux et ce que je te dois.
Tes soins datent pour moi du jour de mon baptême ;
S'ils furent mal payés ne t'en prends qu'à toi-même,
Accuse ta bonne âme et tes douces vertus,
Ton esprit, ta raison, qui, mieux que le génie,
Aux choses d'ici-bas se ploie et s'harmonie ;
Dons heureux, mais secrets, de calme revêtus.
A te voir partagé d'une si forte dose
De santé, de gaîté, de bonheur tout tracé,
Si complet, en un mot, qui jamais eût pensé
Que tu pusses encor désirer quelque chose,
Qu'il te fût réservé d'aimer jusqu'à souffrir ?
Nous, femmes, il nous faut des tâches difficiles,
Des cœurs à consoler, des peines à guérir ;
Nous voulons ici-bas nous croire au moins utiles.
Si nous nous dérobions à des devoirs si doux,
Que deviendraient ces dons qui sommeillent en nous,
Mais qui, pour s'éveiller, pour s'épandre en largesses,
N'attendent que des maux à plaindre, à soulager,
Qu'une âme tendre et fière, ardente en ses faiblesses,
Ombrageuse, et pourtant qu'on puisse diriger ?
— Au palais Doria, l'on montre une peinture,
Un lion que, d'un air paisible et sérieux,
Une vierge conduit lié par sa ceinture.
Ce tableau, toute enfant, m'est resté dans les yeux,

Tant le lion est fier, tant la vierge a de grâce,
Et j'y pensai le jour où m'apparut le Tasse.
Fiancés l'un à l'autre, et ce terme arrêté,
Quand je vis ton chagrin, lorsqu'enfin je pus lire
En toi, plus d'une fois peut-être ai-je hésité.
Ce qu'alors j'ai souffert à quoi bon te le dire?
Je ne m'appartiens plus. — Adieu, ma liberté !
Adieu, mon frère, adieu, ma bonté, ma gaîté !
Ne te console pas, aime-moi toujours, Pierre !

(Elle entre dans la maison.)

SCÈNE VIII.

PIERRE, seul.

Ne te console pas ! — La voilà tout entière !
Quel mélange de grâce et de férocité !
— Ces mots-là, désormais à qui les dira-t-elle?
A son fou?... Justement il vient de ce côté.
— Si je...

(Il fait un geste violent.)

LAURA, dans la maison.

Pierre !

PIERRE.

Allons, bon ! la voilà qui m'appelle.

(Il entre dans la maison.)

SCÈNE IX.

LE TASSE, seul.

(Il tient à la main les morceaux de la lettre.)

Ainsi, seul j'avais tort et j'étais insensé ;
Seul auteur de mes maux, seul coupable, infidèle,

Seul injuste, et déjà reniant le passé !
Sa rigueur d'un moment déguisait sa clémence ;
Lorsque je l'accusais, réduite à me bannir,
Près d'un frère irrité, son zèle, sa prudence
Obtenaient mon retour, fixaient notre avenir!...
Non, tu n'es pas ingrate, ô noble maison d'Este !
Colonne de puissance ! étoile de beauté !
Inébranlable appui de la muse céleste,
Tes derniers rejetons n'ont pas démérité.
Tu sais payer d'un mot de longs jours de servage ;
Et dût-il n'en rester qu'un si précieux gage,
L'avenir m'absoudra de ma servilité.
— Mais que dis-je ? l'ingrat, où donc est-il ? le traître,
Où donc ? si ce n'est moi, déloyal chevalier
Qui m'enfuis lâchement jetant mon bouclier?
— Et c'est elle ! et c'est lui, servis par de plus dignes,
Pour qui tant de sujets donneraient tout leur sang,
Qui daignent, les premiers, s'enquérir de l'absent,
Le rengager de loin par des faveurs insignes.
Lui, le duc révéré, le hautain, le puissant,
Qui de mes torts passés écarte la mémoire,
Ne sait plus que mes vers et prend soin de ma gloire !
Elle, des fronts royaux le plus pur, le plus doux,
Qui s'abaisse, m'implore, et par moi délaissée,
M'adresse ce rappel, garant de sa pensée !

(Il baise la lettre avec transport.)

Oh ! je vais donc bientôt embrasser vos genoux,
Mon noble maître Alfonse, et vous, ma souveraine !...
Mais non.

(Avec égarement.)

    Qui donc au pied m'a rivé cette chaîne ?
Qui donc autour de moi fait grincer ces verroux ?...

Je ne vous verrai plus... un devoir plus jaloux
Me retient... C'est fini. Cette cloche qui pleure,
C'est le Tasse qu'on va marier tout à l'heure,
— Oui, qu'on va marier ! le Tasse, entendez-vous ?
Il épouse Sylvie à défaut d'Araminte.
— Mes bons amis, sans moi vous reprendrez l'Aminte.

(Il s'assied accablé auprès de la table.)

Allons, pauvre cerveau, pourquoi bouillir ainsi ?
Calme-toi, le devoir, le bonheur est ici.
Encore une heure à peine, une heure de courage !
O ma sœur, Dieu peut seul achever ton ouvrage...
Adieu, Ferrare ! adieu, la plus belle des cours !
Adieu !... Mais toujours là cette cloche qui tinte...
Léonore... Qui donc me parlait de l'Aminte ?

(Il penche la tête et reste comme anéanti.)

SCÈNE X.

LAURA, LE TASSE.

LAURA, sur le seuil de la maison.

Pauvre Pierre !

(Apercevant le Tasse.)

      Ah !... rêveur, distrait comme toujours.

(Elle s'approche lentement, voit la lettre, hésite, et la prend de la
main du Tasse.)

Léonore !... Grand dieu !

LE TASSE, sans voir Laura.

        Qui donc, qui ma parlé ?

Mourante ! Oui, je l'ai vue, oui c'est sa voix, c'est elle
Qui veut me voir encor, qui m'attend, qui m'appelle...
Mon cheval ! mon cheval !

SCÈNE XI.

FORTESPADA, LE TASSE, LAURA.

FORTESPADA, accourant.

Il est là, tout sellé.

LE TASSE, avec égarement.

Léonore !

FORTESPADA.

Partons !

(Il entraîne le Tasse.)

SCÈNE XII.

PIERRE, CORNÉLIE, LAURA, Voisins et Voisines.

CORNÉLIE, entrant précipitamment.

Mon frère !

PIERRE, arrêtant Cornélie.

Allons, cousine,
Les aigles ne font pas leur nid dans l'aubépine.
Ce chagrin, tôt ou tard, vous était réservé.
Du courage, il faut bien que son destin s'achève.
Mais Laura... Dieu !

CORNÉLIE, s'élançant vers Laura.

Laura !... qu'est-il donc arrivé ?

LAURA, donnant la lettre à Cornélie.

Quel rêve !

PIERRE.

Oui, mon enfant, un rêve, un mauvais rêve,

Un mari soi-disant qui de peur s'est sauvé,
Le vrai qui vous revient, armez-vous de courage !
Sa maison vous sera comme un port dans l'orage,
Un cloître, s'il le faut, où ce cœur éprouvé
N'aura pas à fixer de terme à son veuvage.

LAURA, lui donnant la main.

Pierre !

PIERRE.

Voici nos gens, faisons-leur bon visage.

UN DES INVITÉS.

Tiens ! c'est Pierre.

PIERRE.

Oui, nigauds, le voilà ce mari.
Je vous le disais bien, hier, chez la voisine :
Ceux qui jouaient pour l'autre ont perdu leur pari.

CORNÉLIE, à Laura.

Dieu le veut, mon enfant.

PIERRE.

Et saint Janvier, cousine.

FIN

Paris. — Typ. de Mᵉ Vᵉ Dondey-Dupré, rue Saint-Louis, 46.